張路亞 一 千萬別來上海

國家圖書館出版品預行編目資料

千萬別來上海/張路亞 著；— 初版. — 台北市：高談文化，2004【民93】
面； 公分
ISBN 986-7542-07-X（平裝）

855 93002352

千萬別來上海

作　者：張路亞
發行人：賴任辰
總編輯：許麗雯
主　編：劉綺文
編　輯：呂婉君
行　政：楊伯江
出　版：高談文化事業有限公司
地　址：台北市信義路六段29號4樓
電　話：（02）2726-0677
傳　真：（02）2759-4681
製　版：菘展製版　（02）2221-8519
印　刷：松霖印刷　（02）2240-5000
http://www.cultuspeak.com.tw
E-Mail：cultuspeak@cultuspeak.com.tw
郵撥帳號：19282592高談文化事業有限公司
圖書總經銷：凌域國際股份有限公司
電話：（02）2298-3838　傳真：（02）2298-1498
行政院新聞局出版事業登記證局版臺省業字第890號

2004年03月出版
定價：新台幣260元整

目錄
CONTENTS

Part 2 上海駐民，上海現實

FOCUS ON THE CIVILIANS IN SHANGHAI

出版序

上海，也有她自己的「TRACE」

一座城市、一個影像、一段故事、一首詩……。

「TRACE」系列的規劃，就如同這個字的涵義那樣，是微觀的探索，是過往的痕跡，是一個清晰的圖樣與描述，也是一段追蹤、回溯與新發現。

《千萬別來上海》，一個多麼聳動的書名。令人好奇的是，上海這座城市，就如十九世紀的巴黎、二十世紀的紐約那樣，是二十一世紀全球都市的聚焦點。正當大家爭先恐後的登陸上海之際，我們卻高舉著「拒絕的旗幟」，衝撞全球觀點。

上海，也有她自己的「TRACE」。

有著將傳統中國與前衛科技、東方的含蓄與西方的熱情、新與舊、冷與熱、富裕與貧窮、焦慮與篤定、繁華與落寞……揉搓在一起的情緒。就像作者說的，這是一個馬賽克城市，懂她，就能輕易的駕馭她，不懂，就只能像坐著雲霄飛車那樣，高速飛馳之後，頭昏眼花的下車。

從來沒有一個城市，敢如此張狂的大聲說：「千萬別來」，除非她有絕對優越的條件，去拒絕別人的親炙。而這本書，正好讓大家從不同的切點去觀察、審視她，在經過這麼多的滄桑歲月之後，現代的十里洋場，在閃爍璀璨的霓虹燈下，會用什麼樣的姿態，登上二十一世紀的全球舞台。

高談文化總編輯
許麗雯

作者序
人與城的曖昧

對於一個事物，比方對於一個城市。
需要從各個角度去觀察她，去理解她。因爲或許你仍然無法完全接觸到她的那一個眞實核心，但至少你能最大程度上，無限接近你想尋找的這一個眞理。
上海，這兩個字，有過無數書本，拿她來說事。有上海本地的作者，有外地的作者。但每一次深入，都會有製造「誤讀」上海的可能。
有道是：戲謔也是戲，思考也是戲。
這本書，不是一次簡單的時髦跟風，她可以讓你看上很多時間。

千萬別來上海。

她眞實的細節樣子會怎樣？

市面繁榮，美麗與誘惑。被無數次「誤讀」和「感性化」閱讀後，上海已經不是她自己本身？

她的天資決定她的外質。上海究竟有什麼地方可以値得自己「得意的」？

千萬別來上海。

對一個城市，你，又想過要在裡面過怎樣的生活？

是「……穿著漂亮名貴的衣服，挽著鱷魚皮包，開著跑車擠著交通出去搏殺，下了班，進俱樂部夜總會，周末坐遊艇學開飛機聽音樂會，與名男人約會……」

還是乾脆辭了職，到街邊賣鹹脆花生和臭豆腐去？自己就是自己的主人？人們習慣沒有體面的衣服，沒有體面的職業，來面對一個需要「臉面」的城市嗎？

現時，你拿起這本書，你會明白。你一定會有自己的判斷。

想再次告訴你，這本書不只是簡單的批判或嘩眾取寵。它既接近學術層面的分析思考，也以紀實片手法採訪了大量的眞實故事，還有一張生存層面的吃喝玩樂魅力地圖。我們試圖從各角度去重新觀察上海和她裡面的人，去接近自然眞實的上海本質。不奢望從這三個部分就完全接觸到她的眞實核心，我們只求盡可能地接近、而不是炒作和誤讀她，只爲獲得一個新的城市生存考察視野，一種反醒而驚現的城市感覺。

換個角度。甚至把她「顚倒」過來。

爲此不惜重新看一個城市。看一次我們自己的：生活。

Part I

上海思考，上海靈魂

SHANGHAI SPIRIT, SHANGHAI THINKING

「噱頭」：上海這座城

上海，她到底有什麼值得「驕傲」與「學習」的？

聽到「上海」這兩個字，看見「上海」這兩個字，你腦袋裡的「上海」，到底是怎樣的情形？你和上海，有無數種可能的「發現」與「記憶」。

生活、工作、旅遊、讀書、投資、戀愛……好多的人，正在上海的心臟裡跳動。

在這一座城市裡，你想要的到底是怎樣的一種「活法」？

千萬別來上海。

這是一個噱頭。

一千個人，會有一千個不同的「上海」，和一千種「上海活法」。

她的噱頭，在於她的資格。

有人說，上海商業中心區商鋪的租金，用跟一張紙一樣厚的金子鋪在地上，都不夠支付。

上海，似乎有意要來「搭一搭」她的「架子」。上海話裡有「搭搭架子」這個詞兒，指的是要故意來擺一擺姿態。上海似乎知道，中國，甚至在全世界，沒有幾個城市，是可以傲然對人宣稱「千萬別來」的。因爲大部份的城市，非但不敢對外宣稱「千萬別來」，邀請別人快快進來看看都還唯恐不及呢。

上海，只要動一動她的纖長細指，她淡淡的一絲淺笑，就能把世人的目光都聚焦在她身上。她是在一截高高的、精緻奢美的上海旗袍領口上，一張看過大市面、中西合璧的美人臉。身子背後，是中國最前沿，一線大都市的財富底蘊，和近代史上非常獨特的歷史文化氣質。

大凡以「拒絕」的姿態來迎接別人的，通常都要有絕對的實力和信心資本。而中國內地各個城市的綜合實力、居住排行指數，上海都佔據著榜首。上海給自己的目標是：成爲中國、亞洲，乃至全世界的寵兒。巴黎是十九世紀的世界城市；紐約是二十世紀的世界城市；而上海，則是二十一世紀的世界城市。

一個在上海住了好多年的外國朋友告訴我，上海，就像一顆大蘑菇，似乎在一夜之間就驚人地長得那麼大。按照中國人的說法，這叫做「如雨後春筍之勢」。上海一日千變。

有許多外國的、內地的、本地的人，說，上海是一座自由城。

這種自由，在某種程度上，指的是「上海規範」，上海給了他們在自己的城市裡，原本無法擁有的生活方式和狀態。你可以改變職業，在上海從頭做起，只要具備實力。原來在外國公司上班的人，現在有機會在上海成爲自由的藝術家……。

上海還提供了一種有中國特色的國際化中產階級生活模式。從教養、禮貌、衣著、打扮、做事規範，到富足的私人生活，在中國，想領略國際風情和歐洲氣質，只有來上海。

甚至很多現代的漢語辭彙，都從上海「發源」。

還記得四年前一個香港的朋友來上海。她對我說，上海看起來好像還沒有香港城市那麼壓抑，香港有太多的高樓，走在裡面，就像夾在小縫裡，還是上海比較矮小……。假如她現在再來上海看一看，我想她一定不會這麼說。

上海在一夜之間，睜開雙眼看見了別的「女郎」的魅力。她看到了「巴黎女郎」、「紐約女郎」……她請來最好的法國設計師、德國設計師、美國設計師，用世界最先進的方法來改造自己。每天都有無數的城中人、城外人，對她進行兢兢業業的改造和裝扮。

這個她，是剛剛打扮完成的，新鮮出落的，渾身上下都是嶄新的。有時，她也努力爭取參加一些世界級「社交活動」

的資格，鍛煉自己與國際接軌的能力，同時也讓全世界的眼光都爲之「驚豔」，爲之傾倒。

所以，會有那麼多人來這裡工作、生活、發財。空間和機會都很大；誘惑和挑戰，也很大。

千萬別來上海。

這也是一個嚴肅的現實。

一個由許多人心裡發出的歎息。

她的無奈，在於她的殘酷。

並不是人人都可以成爲這座城市的「寵兒」。

有人說，上海，是一個最先進和最會僞裝自己的城市！

上海，她到底是一座怎樣的城市呢？我們試圖接近眞理，無限接近她的眞實。

有一天，當我終於翻開一本當年法國人在上海生活的書時（法國外交部出版的），跳入我眼裡的，是這樣一句話：「C'est une mosaique de ville.」（「這是一座馬賽克城市。」）

「一座馬賽克城市」。是了，也許她就是這樣子的「馬賽克」。老舊的歷史、現代的摩登；東方人、西方人；駐民、移民；草根，時髦；前衛、傳統，統統拼貼在一起。

一個移民城市；一個曾被租界的城市；一個東方和西方糅合的城市；一個不那麼像中國的城市；一個馬賽克城市，五方雜處、活色生香。

上海，她是中國五千年歷史裡掉出來的一片小「鏡像」。上海，可以讓巴黎來的人，在她裡面看到巴黎的影子；讓來自曼哈頓的人，在她裡面看到紐約的影子……，但全部都不完整。只是由一個部分、一個部分的鏡像組合起來的「馬賽克」。

記得北京。在那裡，儘管有很多現代高樓，儘管也可以聽到零零碎碎的北京人，抱怨自己的城市規劃還是欠缺完整……，逐步在頭腦中出現的影像，還是一個梳著紅頭繩長辮子、穿斜襟大襖的中國大姑娘的鏡像。

而「馬賽克的影像」，也許就是上海「本來的模樣」吧。每一塊都瑰麗，每一塊都耀眼，但永遠無法用一個詞，能徹底形容她。

上海的生活是什麼?

我說，是熱湯。

她是小時候冬天裡，母親端過來的一大鍋熱湯，一鍋上海人愛吃的經典熱湯：「醃篤鮮」。把所有的時鮮貨和乾貨，外加蹄膀、鹹肉和竹筍統統放到一隻鍋裡熬，擺到一張長長的老式捷克大雕花木桌子上。

那一鍋湯裡什麼東西都有。

老上海的另類時尚

也不必在乎這鍋湯最後會熬成什麼味道。滿懷期望，聽那噗噗冒出的熱熱蒸氣，想像自己從那裡撈出這麼多美味的、好吃又好看的東西。那就不妨來嚐上這一口吧。

不管你從哪裡來，也不管你來上海做什麼。旅遊、學習、工作、生活……，南方的菜、北方的料，葷的、素的，新鮮的、陳年乾貨的，熱熱煮出一大鍋。每一個角落都撲騰著滾熱的泡沫，似乎升騰著爭先恐後想從這片熱水中躍躍欲出的美味兒。於是，大家一起舉起筷子來撈。上海，便是這一鍋熱湯。噗噗作響，永遠熱氣騰騰，什麼貨色作料放進去，都不會破壞它的味道，反而更有滋味兒。它充滿耐心地等待著沸騰的那一刻。

好吧，在我們仔細地把上海翻個底朝天之前，就一起都來煮這鍋「上海」熱湯吧。連犄角旮旯都不要放過。

或許根本就不必在意上海這個城市，她到底被人看成了什麼樣，美人兒、熱湯、馬賽克，或者是鏡像？

上海，和所有生活在上海的人，他們的命運，和你有關。你一定會有自己的判斷，有自己的感慨。

你會發覺有一天，自己居然是這麼地愛上海。

愛她的優點，也愛她的缺陷……幾乎什麼都愛。

就像，愛你自己一樣。

用三十個詞來說明「上海人」

上海這座城市，在那麼多人的眼裡都那麼特殊，因此一直生活在上海的這一群「上海人」，也會沾染到這座城市的「特殊」，而讓自己也變得有些「特色」。

我們不妨根據解剖生物學的手段，姑且先「粗魯」地把一個「上海人」解剖開來，將裡面的特質，用鑷子一個一個地夾出來，放到太陽底下曬一曬。不作任何經典學術上的限制、排序與羅列。就當作是爲社會學邊緣之外的一次私人展示：

善於收藏私人經驗。感性。注重審美觀。自我。做事講究規範。國際化。熱鬧。欲望。高消費。租界情節。洋派。內心軟弱。擠。嗲。腦筋靈活。懂看山水

（看人臉色，見風轉舵）。溫和。細心體貼。細緻。乾淨。精明。沒有江湖味兒。樂施小惠。有點性感。安份守己。現實。愛面子。伶牙俐齒。缺乏中國特色。孤獨。

就像在上海每天買各種標明「本地」的蔬菜一樣，上海人，似乎天生覺得「本地的」都是「阿拉一家門」裡自家人的東西，是當然值得信賴的，質量比人家「高」出一點點的。比如：上海人喜歡區別「本地豆」——上海市郊出產的一種蠶豆，而不是其他地方長出來的豆；「本地菜」——上海阿婆賣的雞毛菜，而不是其他的外地菜；「本地瓜」——上海出產的8424西瓜之類……。儘管它們在菜市場上的價格高於外地的蔬果，但上海人覺得口味就是比較好，就是要買「本地菜」。這種天生的地域優越，是無法用言語解釋得清楚的。

上海人有教養。上海小孩長大過程中，上海父母已經教導他們很好的規矩。比如：不會隨便在辦公室裡談公事時大聲嚷嚷，不會隨便打斷別人的談話，包括照顧到別人的需要，和心理的感受，展現「懂看山水」這種典型的上海精神。

大多數上海人做事，都很講規範和原則的。就像上海《申江服務導報》所說的：「上海人講『朋友』兩字卻不帶江湖氣；上海人講『幫幫忙』卻兩不虧欠；上海人講『關儂啥事體』以維護個人的空間……。」

另外，在自己形象的講究與品味上，上海人也懂得如何讓自己的外表，既不張揚，也不卑怯，恰到好處，充分展現一切的良好教養和品味，不會亂來，這是「講究面子」的典型上海精神。記得一位香港的好友，是個標準文雅的知識型Lady。她來到上海，提到上海有一個優點，就是上海女孩看上去幾乎都是那麼令人賞心悅目、注重衣著打扮、修飾，絕對不邋遢，絕不草草了事。如此讓人養眼，心情舒暢。她說這是一種有教養的表現，尊重人的表現。

這些都是上海人本質裡非常美麗的地方。

上海人看重「商業社會」裡的秩序和規範，通常會少一點「人文氣

息」。心靈的柔軟和思考的自由性，以及行爲上的激情，那只是屬於上海的學院派少數知識份子的。上海人本身不是特別急功近利，但看到周圍來上海「淘金」的人急吼吼的氣勢，讓大多數上海人也知道競爭激烈，必須充滿商業意識和利益意識。否則，錢是不會從金錢氣息濃郁的天空裡，直接掉下來，剛好把你給砸死。

大多數上海人，素來不喜歡高談闊論。即便談愛情，也很少會爆出驚天動地的大愛、大恨、大悲、大喜和大浪漫，通常都是些小情緒、小感觸、雞毛蒜皮綠豆大的小事，始終是那麼規規矩矩地打點小「擦邊球」，那麼小心翼翼地越軌，那麼帶著「物質」的鐐銬起舞。

大多數上海人買菜時，不喜歡以過於粗厚、味道濃重、容易喚發原始生命力的紅肉作主食，偏愛吃白肉，比如雞肉和魚肉。好比法國文學理論家羅蘭·巴特在他的《神話》裡所說的，法蘭西人爲什麼愛吃流血的牛排？那是因爲「牛排的魅力，顯然在於它幾乎是生的這一點……。無論誰吃到牛排，都會吸收牛的力量。就像葡萄酒對於許多知識份子來講，是一種能成爲把他們導向本性的原始力量的通靈物質，牛排對於他們來說，也是一種補償食品。借助這種食品，他們可以談話、思考，可以憑靠血和柔軟的肉質，來消除人們經常指責他們那種毫無結果的冷淡與生硬的態度。」恰巧，上海人骨子性格裡，不太喜歡牛肉和羊肉這些紅肉，至少不把它們當作是一種家常的主要肉類。

大多數上海人，他們的感性是基於物質的優越、廣告的刺激、時尚的錘打而速成起來的。

如果缺乏物質，大多數上海人的審美觀，便會變得比超現實畫家達利筆下的那個「軟鐘」還顯得虛軟無力。達利存心把鐘錶畫成一塊軟塌塌的麵粉餡餅，是基於他對機械和工業生產破壞人類性靈的痛恨，他希望它們統統都不好用。而上海人，他們體會到的品味與情調，是由商業發達所帶來的高尚生活品味。好比手拿一杯紅酒，他想到的首先是：是否源出正宗的法國，他會嚴格檢視一下手中的酒是否是假貨、次貨，或者是否物超所值。也許會不由自主的，產生某一種帶點滬語味道的貴族高尚感覺。他不會想到那酒在柔和光線下，所呈現出來的質感和詩意，以及上品葡萄酒本身就有的那一種近乎音樂般的美感。

當人陷落於物質和物化環境時，上海人眞的可以做到「極致」。一個典型的中產階級上海家庭，他們的住宅規劃，似乎不是給一個活生生的人住的；不是用來每天吃喝拉撒洗鬧過日常生活的，而是二十四小時都端著一個「架子」給人看的。從浴室的磨砂玻璃浴門，到客廳清一色的黑皮沙發，和一絲不苟的乳白純棉床單，連Kenzo香水擺放的瓶子，都要保持某一種好看的角度，似乎是在「展示」，而不是可以讓人隨意地在上面扔一件毛衣或一張草稿紙的。許多上海人願意這樣地「自甘淪陷」。這裡的生活方式充滿上海精神，帶著「表演」和「自戀」的成分。外地人來上海，特別是年輕人，原本根本不講究、原本粗粗糙糙慣了的，馬上也學會了這樣過日子。他們甚至比上海人在

這方面，做得更道地，以顯示自己是一個純正的「上海物種」。哪怕他們從來不知道，自己的歐式大餐桌，擺設的金屬餐具上已經蒙上了一層薄薄的灰塵。

只要看看曾經讓上海人買到瘋掉的那些書，你就可以窺見一斑，尤其是《富爸爸，窮爸爸》和《格調》。前一本是美國人寫的，教你怎麼發財；後一本也是一個美國人寫的，教你的是怎麼才能有好品味。這兩本書一度是許多上海人奮鬥上海灘的「聖經讀物」。

發現一個「上海駐民」

在這裡，我提出「上海駐民」這個概念。

「駐民」概念，特別適和於一座具頻繁人口交流的城市。本身有一種流動、各方雜色紛呈的多樣感。

一座城市，講究的是「人脈」。

人氣旺盛的城市，自古以來，就一直是昌盛和繁華的所在。上海是一座「人脈大富礦」。無論經濟，還是文化，人多，交流量大，信息量亦廣。

我們來看：上海本地青年，可以是「駐民」。也許今天他或她在上海這個城市出生、長大，明天就到世界的另一個城市去闖蕩和定居了；因爲有上海，這座母親的城市從小開拓了他們的眼界。有上海，這座本身就很國際化、很開放的城市，能夠成爲他們今後人生旅途上的後盾。上海青年，可以說是對外面世界最感興趣的中國青年之一。

在上海的外省來的青年，也是「駐民」。上海是他們人生更多機會和更多精彩的舞台之一，不管是暫住，還是定居。上海有句流行話：「不搏不精彩」，這句話源於足球（上海的申花足球曾是叫響全國的球隊）。奮鬥一下總是令人刺激的，無論是好、是歹。所以，挪用到人生的拼搏上，能搏出位，就能從上海這片大海中躍出，讓海面上金子般的陽光，折射到自己的頭上；沒能搏出來，就永遠做了上海這片汪洋裡那無聞的一滴水，夾雜在和自己一樣的無數水滴中，隨時代洪流流向自己的終點。

「駐民」，更可能是海外青年，無論海外留學歸來的，還是出生在其他國家和地區，來到中國上海的。一方面，作爲地理位置上的「停留」，他們自然被稱爲「駐民」；另一方面，「駐民」也讓他們的人生多了一層轉圜的可能性，因爲他們或許懷著激情與好奇心，來到這個城市；也或許今天留下來，明天就走了。

「上海駐民」的概念是中性的。她一面顯示上海的寬容與博大，如同古人所說的「海納百川」。上海的城市精神裡就有這樣一點。她本身歷經了太多波折與場面，是諸多歷史風雲的發源地，早在上個世紀，第二次世界大戰期間，那麼多猶太難民逃亡上海，上海以她博大的胸懷，接納了他們。在上海，如果我們生硬的去細分本地青年爲「上海人」、外地青年叫他們「外地人」、外國青年則稱之爲「老外」，那反而有點拒人於門外的「排外擠內」姿態。不符合上海歷來就有的一種吸納百川的大城市風範。而且隨著上海在全球的地位和知名度越來越高，本地的上海青年、外地的青年，以及海外青年，三者早已糅成一團，共同構成「上海」這座大城市未來發展和改造的中堅力量。他們與上海一同呼吸，一起成長，上海是包容開闊的。所有人都可以「留駐」上海。停留一段時間，甚至更久。而不必在乎究竟是「本地豆」還是「外地豆」。

但另一面，「上海駐民」這個概念卻包涵了上海這座移民城市裡，一種不安定感。人人都是「駐民」，但人人都可以「人走茶涼」。今天在了，明天就拍拍屁股走了。以上海為窗口和起點，打個行囊就「跳」到國外或者中國的其他城市去了。上海只是一個人們發跡和尋找「白馬王子」的中繼站。也有些人，對上海快節奏的生活產生了厭倦，寧願選擇一個小城市，享受一下「時間停止」的安寧生活，上海是自由的。你可以選擇留下，可以選擇離開。因為是「駐」民嘛，「駐」字總不及「居」字來得有安定感。

在這個城市好比坐著一輛空調巴士。它外表光鮮時髦，裡面也溫暖舒適，甚至有最現代化的移動電視，讓你在車裡坐著，就能看到整個地球

的五光十色，而車窗外那片眞實風光，更是你可以選擇的一片天地。誘惑多，人們的選擇也多。心總在跳著，變著。還不知道自己到底有多少可以發揮的實力，說不定看到了一個突然冒進眼裡的惹眼好風景，就跳下去了，比如：炒股票，搞網路公司……幾乎是毫不猶豫的，你就下車去了自己想去的某處「風景點」，頭也不回地離開「大巴士」。然後也有可能，你在外面逛累了，走回來又重新看中這一輛又舒服、又溫暖、又安全的「空調大巴士」，跳了上去，繼續隨它的開動，前行。看看車窗裡，看看車窗外，遇到誘惑了，又會再跳下去……。想一想，誰會選擇一輛始終進行，爲「欲望」所推動，不停往前開啊開，永不停靠的公共汽車，作爲自己一生最後的家園？

來過、聚過、鬧過，也散過。她看上去總是熱鬧、時尙，一路風景也總是五花八門、惹人羨煞。想擠上車來乘上它的人很多，跳下車去看另外的大千世界的人也很多。但它的「終點站」——那一個可望而不可及、讓人眞正身心兩棲的「彼岸」——似乎還看不太清楚……。

你能適應這座城市嗎？

「額上出角」，在上海是一句罵人的話。「人怕出頭，豬怕壯」，上海人說「即使他頭上長角，我也要扳他下來」。有一本民國史料筆記叢刊之一的《上海俗語圖說》裡，把這句話裡投射出來的上海性格，解釋得清清楚楚。他說：「上海人卻有兩個額角頭，一爲有形，一爲無形。有形之額角頭縱然被人敲開，也無關大體，惟無形的額角頭卻關係重大，一生妻財子祿，全靠這看不見、摸不著的東西。如果有人能發明一種測量無形額角頭高度的儀器，專爲上海人測算額角頭的高低，那是非發一票大財不可。」如果你運氣好撞上什麼大運的，上海話就說：「我今朝額角頭老高的」。哈，倘若你想在上海「混」，那麼現在就摸一摸自己的「額角頭」到底有幾個？上海，她既然那麼吸引你，又那麼地擺著「別來」的高姿態。要融入這個城市，也就會有一些隱形的標準。

很嚇人，但也很刺激。

上海城市裡無聲地飄動了許多人的夢。好比「勝者為王，敗者為寇」。來上海冒險，改變自己的生活，縱然競爭更殘酷，但是回報的利益會更大，也更高。賈植芳先生說：「上海是個海」。跳下這片海，你打算怎麼遊？會不會溺死？會不會成功地遊到彼岸？

在上海，有兩個詞：「生存」和「生活」。它們是完全不同的兩個概念。或者說，生存和生活兩者之間，存在某一種微妙的錯位。

「生存」是打拼的姿態，是一種衝鋒陷陣的姿態。而「生活」是一種走路的樣子，甚至是一種坐坐、走走、歇歇，再起步逛逛的姿態。

在上海，生活的姿態並不屬於所有人。在這個充滿機會，但又充滿殘酷競爭的偌大都市，生存不能不擺在第一位。大上海機會很多，但不是每一個餡餅都專門為你準備好，然後看準你這個人的腦袋砸下來的。想吃餡餅，就得有本事，得想「策略」。有時眞的跟打仗一樣。

上海本地長大的青年，憑自家門輕車熟路的優勢，他們的眼睛看見更多的，是上海以外，比上海更好的世界。上海本地青年出國的很多，舉例來說：一個出生於二〇世紀七〇年代後期的上海小孩，他，或者她，從念小學開始，就有可能遭遇到自己同班的小朋友，跟著父母出國去了。也許去了南半球的一個，他聽也沒聽說過的四個名字譯名的國家。而初中裡，或許自己同班的好友中，又有人要和他告別，離開上海到大洋彼岸的一個國家唸書。到了高中、讀大學，每天早上和深夜，他，或者她，都會遇到很多和他，或者她，一起去學外語準

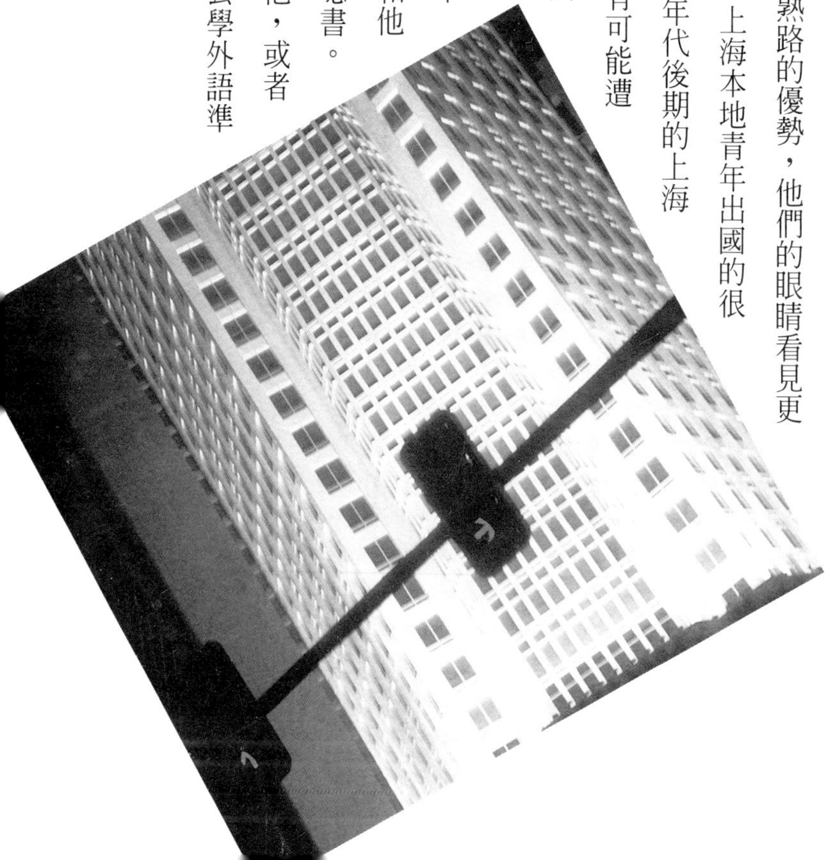

備出國考試的同學；等到終於唸完大學畢業，工作了，他還是會聽說一大批以前的高中老同學，去了歐洲或澳大利亞進修的消息；而自己的另一些大學裡的女孩，也會有了外國男朋友，結了婚，然後多半也最後都出國去了。

但同時也一樣，時間把上海打磨得更現代化、更國際化。上海現在一日千變，充滿機遇，這也讓這麼多曾經遠離她的、去海外搏擊的兒女們再度回來。回到現在這個發展中、充滿各種機遇的磁場裡。這時，這些回來的上海兒女們，要面對更多的競爭和壓力。他們既得和黑頭髮的人競爭，也得和金頭髮的人競爭。他們身上，生存和生活的兩個概念、兩種意念，會在他們那一顆見過海外世面，又面臨上海發展大機遇的心裡，咀嚼得更深、更久。

對於那些出生和長大的地方，並非上海的外地青年，這裡，則存在一個社會學的「梯度」問題。上海，作爲中國的一級城市，如果外來青年是從國內二級、三級甚至是四級城市裡出來的，那麼他們到上海來，周圍的依傍和心理優勢，勢必少了一點點。他們聽不懂上海話，他們的外語總體不如上海本地孩子。他們來到「上海」

這片「海」裡，很容易一下子便無蹤無影。對他們而言，生存問題是首要解決的第一個問題。怎樣才能聽懂饒舌而流利的上海話？到哪裡吃才能吃得飽，而不愧對自己的肚子？哪裡住？如何可以在上海生根發芽？可以做得比「上海人還上海人」？比本來有天時、地利優勢的上海本地人還出色……？這一切，如果是一個人來獨立完成的話，那麼勢必需要頭腦清醒地，以打拼的姿態來完成。

而對那些出生在不比上海差，甚至比上海更早現代化、發展更成熟的城市青年來說，他們來到上海，也許有更多選擇的可能。他們可能來遊玩一下，可能隨意過過，只是想看一看這一座被他們祖先傳得有些像「神話」的東方繁華城市，究竟是怎麼樣的。是否會像他們小時讀到的童話書一樣，「那座城裡開滿散發香氣的繁花，女子窈窕而美麗，男子溫文而安靜」……。而事實上，比起他們那些已經發展得非常完備，沒有一絲可以改變，甚至已逐漸老去的城市，上海，是一鍋熱湯水，正在沸騰。不像那些已開發完成的城市，已經如一鍋開始冷卻、平靜下來的水。有兩個巴黎來的朋友，說決定就此留在上海，再也不回去。他們的嘴裡冒出一個讓我訝異的詞兒，他們說比起上海，巴黎簡直就是一座「死城」。

如果他們的城市發展已是「完成式」，那麼上海絕對是「現在進行式」。上海的變化，大得讓喜歡新鮮感的年輕人，看到了屬於自己的一塊空間。有些國外城市裡的安穩生活，讓人三十年後都可以重新摸到小時候買冰淇淋的那家小雜貨鋪。但上海不可能了。許多上海青年老是遇到自己的小學校園被遷走，自己出生的樓房被拆掉，蓋成新的大樓或變成陌生的地方。在上海，倘若你要「憑弔」童年「故居」，那成功的可能性，微乎其微。上海人，又對海外人帶著一點似乎是天生的敬畏和崇拜，他們來上海，可以獲得他們那個老去的城市所無法帶給他們的機會和空間。他們很容易在一群黑頭髮人中間「出挑」出來。這是他們在自己城市裡所無法想像的。上海對他們非常寬容，只講實力，不求資歷。天地和機遇都非常大，你有完全自由的選擇權，只要你自己能過得下去。

讓生命更精彩。但也不是所有的事都那麼輕鬆，見過一些來自比上海更優越的城市裡的青年，不遠萬里，滿懷憧憬和夢想，最後卻黯黯然地打道回府。語言不通，是最大的原因。其次，太多的機遇，也讓人心亂。每天都被許多新鮮事物，拔河一樣地拉過來，拉過去，結果，一樣卻都沒好好地做成，反而更容易失望。

大家都有生存壓力，即使來旅遊一下，如果老想著自己是一個「異鄉人」、「觀光客」，就無法眞正領略到上海的獨到之處，也無法讓自己的心活得更從容，更開朗一點。

人的欲求與欲望，是本質；欲望無止盡，上海就值得你永遠徘徊不放手。記住上海。

她好像和你在玩一場「Formula One」方程式賽車遊戲。輸了，你被淘汰出局。贏了，你便勝出，做她的「主人」，或者「贖」回你原來的自由。

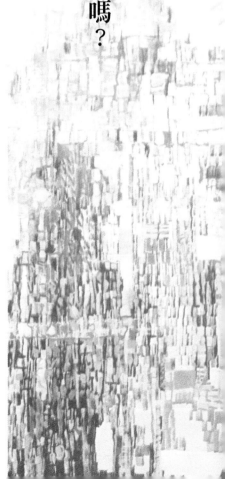

你能習慣這座城市嗎？

是否上海這個美女已經被「慣壞」了？

「如果你不想受shanghai(傷害)，就請趕快去Shanghai(上海)」。

網站上的論壇說：「千萬別來上海，處處受氣！上海有什麼了不起的？我雖然在上海念完大學，留滬半年，但現在寧願放棄感情和工作，只求早日脫離上海這個苦海！」

「傷害」與「上海」這兩個詞兒，應該沒有直接語義上的關係。儘管它們兩者的拼音碰巧那麼一致。

這是否也意味著，選擇了一個城市，接納了她的性格，也就爲自己選擇了一種生活方式？

上海有一個耳熟能詳的著名遊樂場——錦江樂園。如果你路過，就會看到它的兩個經典標誌。一個是呈長「几」字形的「雲霄飛車」，另一個是像唐吉訶德小說裡的風車形「摩天輪」。

一個出生於上海，現居杭州的女友，討論關於來不來上海的問題，她突然打了一個比方：你想對於那些二十歲、三十多歲的青年人，他們是喜歡玩驚險刺激的「雲霄飛車」？還是比較喜歡坐老牛爬坡的「摩天輪」？「雲霄飛車」那麼刺激，那麼富於變化，而且承受冒險壓力之後，換來的是人生難得的奇險風景。而「摩天輪」慢慢上，慢慢下，不必承擔太大的心理壓力，卻也看不見險境中獨特的風景。彷彿一生就這麼慢慢地度過。

她說，如果一個人選擇在上海生活，那他就等於選擇了「雲霄飛車」式的生活。

爲自己謀求更好一點的生存境遇與生活環境，是天賦的權利和本能，無人能剝奪。古言道：「良禽擇木而棲、智者擇鄰而處。」

而上海總讓人覺得是第一桶金，或者是生命中白馬王子存在的地方。她是一個不錯的平臺，匯聚天下英才、豪傑；同時也是一個窗口，天下精英共同見識「窗外」的世界，消除隔閡，天下一家，零距離……。每個人從一開始就滿意上海的生活嗎？是大家把上海給慣壞的嗎？她又好在哪裡？

上海之大，讓許多人一旦匯入其中，就有自我迷失的感覺。人，自我的獨特性和惟一性，被整體性的「海洋」很快地覆蓋掉。所謂「沒有一個人是不能被替代掉的」。

你的故事是別人演過的。

所有「上海駐民」，不論是上海本地人，還是上海外地人，或者上海外國人，城市對你都是「冷酷」的，如果你沒有體面的行頭，沒有體面的工作……。因此，所產生的那種缺乏安寧歸屬感的「漂泊」感，和急功近利的「投機」性格，正給上海這座城市真正的人性化，帶來很多負面的色彩。哲學書上說，焦慮產生於我們在生活中試圖取代上帝的地位。

而現實中，什麼才是裁決一切的「上帝」？

上海出生的小孩從小腦袋裡就懂得「競爭」和「心計」。都市的那種冷漠孤獨，讓他們學會「潔身自保」；學會「未雨綢繆」；學會「精打細算」，暗暗緊緊抓住現在能夠撈到的一切，而國家和民族的利益，有時只是一種給自己增添榮譽的手段而已。物質的背後，是他們麻木、孤獨的心，他們不在乎什麼眞正的感情。只要目的達到了就可以，心靈扭曲了。越來越多「上海製造」的兒女們，有「教養」，沒有「修養」。前者是訓練的，後者是長時期不爲名利，努力讀書學習沐浴才能得到的。

而我們也會看到，中國內地來的一些女孩，只要外

語好，或者外貌好、懂得打扮，就期望能迅速在上海獲得一席之地，因爲這個城市表面的光鮮，在她們的眼裡塑造出太多，一夜之間的輝煌爆發，而不是長久踏實苦幹的印象。她們的目標大部分是嫁老外，留神看她們那些眼光的背後，和塗得殷紅的嘴唇裡，往往有一種「不成功，便成仁」的英勇氣魄。而目的達到之後，所有的「裝飾」統統解散，才回歸不施脂粉、笑容純眞的「本我」。有些則已經異化得恢復不過來了。

再看看上海本地人。在結了婚，養了孩子，到了四十歲左右，「第三者」婚外情事件，便時有所聞，人人彷彿心照不宣的。這樣的「中年危機」，是埋沒在城市光鮮外衣之下的陰影。而上海的女孩，爲什麼會被人莫名其妙地冠以「做作」二字：就好像她們的心思會比其他城市裡的女孩更加現實一些，目光要比地球上任何一個其他城市裡的女孩更加老成一些。她們抱怨自己是孤獨的，生活是冷漠的，她們抱怨別人是庸俗的，自己是清高的，她們之中有一些是天生的表演家、鑑賞者、品味師、最優質的「賊喊捉賊」者……。有旅居過海外的攝影家說過，上海的女孩，大部分就是一根「大頭針」，把別人性格裡的缺陷牢牢釘死，先置於死地嘲笑完，然後回頭過自己的殷實小日子，才能讓自己心裡頭的「做作」好過一點點。

你於是被浪頭拋到了半空，既上不去，又不甘心落下來。到處張揚的，是表面的美麗和榮華，是鈔票堆起來、扔下去的貴族。而城市櫥窗裡的燈光聲色，是你期盼的夢想。她每天都在你眼皮底下出現，你卻無法一腳踏進她的世界裡。她給你顯示，但就是讓你看到，卻很難得到。搞得全城人心惶惶。

許多人放棄了自己眞正的擅長，青年人都去學金融，人人都去做經理人，看不清自己的優勢到底在哪裡，渾渾噩噩，急於被時代的浪潮和觀念左右著、推動著，一輩子就這樣被耗盡。所以也會有畢業留滬工作的青年，在網路論壇上發牢騷：「我偏不相信，除了上海就沒有城市是適合自己待下去的」。很多上海人，到老了，巍巍顫顫地告訴自己的子女，一定要把墓地買在蘇州啊，千萬別留在上海了……。在這樣的話裡，你能聽出什麼意味來嗎？

上海，作爲社會演變的巨大縮影，她如果無法成爲人們內心的那種眞正的家園歸宿，即使她是中國經濟活力源頭和前沿重地，那也只是一個「空殼」的、表面的上海，不是骨子裡讓人眞正安得下心、各得其所的「詩意棲居地」。這是很可惜的。

人的精神力量和人格力量到哪裡去了？被一次性「快節奏」的生活「消費」掉了嗎？彼此都這麼防範，都不滿足，都想魚與熊掌兼得。看看一些上海新生代作家拿出的作品，你會發覺這個城市原來有那麼多人的內心是自私的、是病態的、是卑微的、是「表演」的、是虛弱的、是掙扎著的痛苦陰影。都不願好好守住自己已有的，那麼多的幸福。非到最後一刻，雞飛狗跳之後，才開始惺惺自憐，後悔不已，命運爲什麼會對我這麼「薄」……。而人，本來就不應該這樣的。彼此眞正相愛，而不是等到彼此相互傷害透了，才曉得自己曾經那麼傻。

崔健有一句搖滾歌詞，唱道：「我的病，就是沒有感覺。」

有一天，當你遊走於一個個作秀的社交場合，追逐與滿足了一場又一場的流行和物欲，當你披滿著一身昂貴的名牌，到頭來還覺得心裡空落落的，還是會有一絲莫名的焦慮和恐慌，你會不會也得了這樣的一種「病」呢？

這到底是一座城市的問題，還是人本身的問題？

想起，義大利導演安東尼奧尼的電影《紅色沙漠》。浮沙大片吹過，沒有任何東西可以留下回憶。所有的繁華，只是一場可望不可及的「海市蜃樓」？

無論你的故事，被別人重演過多少回。記住，你本來是自由的。

幸福和苦難，都無法囚禁你的性靈。

把自己的上海生活，看成生命裡的一場旅行吧。必須的，或者是偶然的。你必須心平氣和地面對自己的選擇。

否則上海這一座城，對你而言，就不是天堂，而是一座地獄。

城市的「骨頭」

畢竟太愛，所以才會「雞蛋裡挑骨頭」。

一座城市，總有一座城市的活法。一個都市，總有一個都市的毛病。城內的人看城外進來的人；城外來的人看城內住的人，兩者都發現了彼此的缺點。我們必須留一點時間，傾聽城外人的評價；也必須爲我們自己，做一次關於這個城市的思考。思考上海，這座城市本身的「缺點」。

爲了上海能眞正名副其實地與國際先進都市接軌。

關於城市的自我反省，單從上海的外表看，已是一個新得像孩子一樣的城市。體格相當地健康，幾乎挑不出任何毛病，勢必還將越來越好。但是她的內在、精

神、思想力度、審美涵養……是否也同樣達到精神領域的完美標準呢？

上海發展迅速，難免會遭遇所有發展中的大都市，都會遇到的問題：太急於以全新姿態來追趕時代的先進腳步了。她不停地拆、拆、拆。

許多外國朋友，他們跑來上海，看了一圈。然後幾乎不約而同地問我：爲什麼上海像一個巨大的「建築工地」？我告訴他們說：這只是此時，不是將來。如果再過五年、八年，你們絕對會驚豔。一個正在家裡「修飾打扮」，還沒有「化好妝」的女子，是不能給別人看的。

然而上海許多老式的，有美感價値的老房子，還是在現代化的進程中消失了，永遠消失了。上海某一個區，爲了建造一座超級大的停車場，而把一整棟有著八十年歷史的老上海紅色屋頂房子給統統拆掉了。現在，那棟曾令行人駐足觀看的老房子，成了一個灰色水泥密封的房子，沒有一扇向陽打開的窗戶，上面裝滿了誇張的粗糙人偶雕像，成了一個娛樂夜總會。拆遷過程中，一位老人因操勞過度，還沒好好享受辛苦搬遷之後的安寧，就永遠和這棟老房子一起與世長辭了。上海眞需要那麼多夜夜笙簫的娛樂場所嗎？留給人一點記憶空間，難道就這麼難嗎？我們以後會不會被其他大大小小的城市笑話，我們不知道自己生命的來處，上海這座城連一個眞正的老根都沒有。

其次，上海缺乏中國本土文化的大氣薰陶。除了南市城隍廟，飄蕩了點典型中國傳統城鎮的味道。其他都帶點「馬賽克」味道。上海「鏡像」，折射出的大部分，全是別人的影子，巴黎的影子、紐約的影子、東京的影子……。就連中國味道的家居，都跟著西方人的時髦流行。有一個來自中國內地、傳統文化發源地的朋友，過年三十沒回家，拿了酒在院子門前往西北方向祭酒，上海人很好奇地「看」。上海，她越來越不像一個中國的城市。她是否與中國內地之間的文化「隔閡」越來越大呢？她會不會又成爲一個新時代文化上，所謂的「孤島」？

再者，上海講規範，但缺乏相對的人性。因爲經濟和財富的多寡，鮮明劃分了這個城市的強勢群體和弱勢群體。商業決定了人情味。如果你走在馬路上，即使你是符合交通規則的，但如果和一輛汽車「較量」，那麼即便是它亂闖紅燈，你也必須讓它。很多次，無論是和日本、法國、美國的朋友一起穿越馬路，他們總是主動地用手，擋住上海那些企圖闖道的粗魯車子，讓婦女和行動遲緩的老人慢慢走過去。同時他們很氣憤，上海的小汽車怎麼會那麼無視生命的價值。我說，那是因爲它是強勢的，你是弱勢的，你沒有車子，你再有理，無論是行動不方便的老人還是婦女，都必須給有小汽車的人讓道。上海似乎只認汽車，只認有錢，或有勢的，要麼看你是個高大、鬈髮、白皮膚的外國人，還會勉強客氣一點，否則，一般人連說話的資格都沒有……。

好吧，接下來看看城外人來上海，是怎麼挑上海的「小毛病」的。他們幾乎眾口一詞地提到了同一個問題：上海本地人的素質。儘管本地上海人的素質，已經有不錯地提昇。但是他們的例子太多了，我猶豫，是否要全部把它們

郊縣

寫出來。它們是上海目前的缺點，也是上海需要好好建設的軟體。但願幾年後，再翻開來看，下面的缺點統統消失了。

比方說交通規則。也許因爲上海的小汽車，本身就沒那麼有「人性」，所以行人也有一套自己的應付方法：搶紅燈，亂穿馬路。他「自暴自棄」，無視規則和安全的存在。結果是：行人、自行車、機車、小汽車，彼此抱怨、又彼此害怕。既不尊重別人的生命，也不知道尊重自己的生命。

記得兩年前的十二月底，那天城市下雨。和一個日本朋友站在淮海路和陝西路的交界口，也是百盛商廈對面的十字路口，上海最繁華、狹窄的交通要道之一，等待穿過馬路。還沒等到綠燈，就看見一個一個行人，以及自行車頻頻出軌，兀自往前穿來繞去，完全置紅燈和緊張的執勤警員之哨聲於不顧。一時間眞是汽車、自行車、行人在路口大亂。日本朋友回頭對我說：「上海人的膽子眞大。」日本東京也好，橫濱也好，沒人敢在這樣的十字路口「投機取巧」。原因當然是特殊的，日本車輛在馬路上開，速度非常快。你如果不怕死，可以試試挑戰「紅燈」。

想想也是。上海馬路上的人那麼擁擠，馬路又是那麼地寸金寸土，即便車速快，諒司機也沒有辦法總是把車速開得跟跑車一樣快，難怪上海會成爲一個不講交通規則者的「天堂」。

還遇到外地的朋友，講笑話說：假如他要做一個所謂純粹「眞正的本地」上海人，那他只需做一件事就行了，把自己的睡衣穿到馬路上去。那些穿著睡衣上街的上海人，各式花樣的睡衣。買小菜、逛超市、乘公共汽車，甚至去Starbucks買一杯Latte，都穿著睡衣，感覺始終是和馬路上別的人穿著不一樣。不知道這算不算是一種小康生活的標誌？

另一點是，上海人改不掉的隨地吐痰、亂扔東西的習慣。二十多年，什麼都在進步。但「上海」的地面，除了少數幾條重要馬路之外，其他的都還好像是二十年前的。你可以從這些馬路上判斷，今天上面走過了哪些腳，有沒有動物走過，有吃著什麼樣東西的人

上海北區

走過，有身體健康狀況如何的人走過……。

某一些本地人說話，還喜歡用上海話裡的髒字，令人赧顏。有某些父母則喜歡在公共場所裡用流利的滬語罵小孩子。他們教訓小孩的聲音和孩子的哭聲，馬路對面都聽得清清楚楚。給外來人的錯覺是，上海人喜歡把私家的東西，統統都搬到馬路上亮一亮相。

上海是「大」的。而上海人的精神和人格，也不應該是「小」的。

上海不能一隻手向著更廣大的世界，展示出優雅高尚的一面，而另一面卻不由自主地，把還沒有塗抹修飾好的「背後」，露給別人看。

否則，所謂的「海納百川」，會是一種滑稽。

城市「跳跳板」

我們在城市之間跳躍，這是一種樂趣。

像一個孩子認眞玩他的遊戲。「跳跳板」是遊走於幾個城市間最好的代名詞。站在上海這座城市裡起跳，你可以觀照中國其他的城市。然後再反過來，審視一下上海自己。

曾經，在一夜間，自己從上海飛到了北京。

走在午夜十二點十二分的黑暗街道上，北方城市是四月末的天氣。那種新鮮感，高高泥土牆上拉出的胡同影子，令自己興奮不已。飛機消磨了心理的距離，好像不是在現實裡。

第二天天亮，跑到鐘樓上看，跑到胡同裡，北京城空氣裡全是一絲絲白的「雪絮」。開始以爲，也許是誰家在彈棉花吧，就像上海以前在蘇州河的三官堂橋底下，會有蘇北來的老鄉，等在橋下，上海人會拿著好幾條棉花胎，讓他們去彈鬆了，回家睡覺時好舒服。

後來，一直走到城牆角下，發覺空氣裡還是有那麼多的白色「棉絮」。心想不對啊，不可能全北京城都在同一時間彈棉花啊！最後向一個在北京住了多時的上海朋友打聽，他告訴我，那是楊樹。常在北方四月天飄種子。

北京四月白得像下雪的「棉花胎絮絮」，原來如此。也在那一霎，覺得北京城眞是好美，而且浪漫極了。

後來把這段經歷告訴一個北京的老朋友，她從小在北京長大、讀書、工作、結婚、生子，一聽到我留戀地講北京四月天，滿城飄絮的「下雪」天，她馬上用那脆利好聽的北京話，叫了一句「啊呀」，她說：「你說的是那個呀！我們北京人都煩死那個玩意兒了！每年春天裡飄得到處都是……。」

一度在Internet上，許多城市爲「上海和北京」、「上海和廣州」甚至「上海和香港特區」，爭中國最佳城市的第一把交椅的位置。各個城市「來勢洶洶」、有聲有色、熱鬧非凡。從資料、人文、歷史、吃喝玩樂等各個方面，旁徵博引。或許，「爭比」本身不是最重要的，打個比方，假使你生活在上海，或者香港，也許會覺得比較「國外」一點、「現代」一點；如果你生活在北京或者武漢，又或許會覺得比較有「中國」文化的味道一點。不同城市，體驗不同感覺才有意思。

下面這一個表，是一張對中國北京、上海、廣州、香港、武漢這五大城市做的對照表。由「Chine—Emploi」（法文：「中國—方式」，作者譯）法文網站列

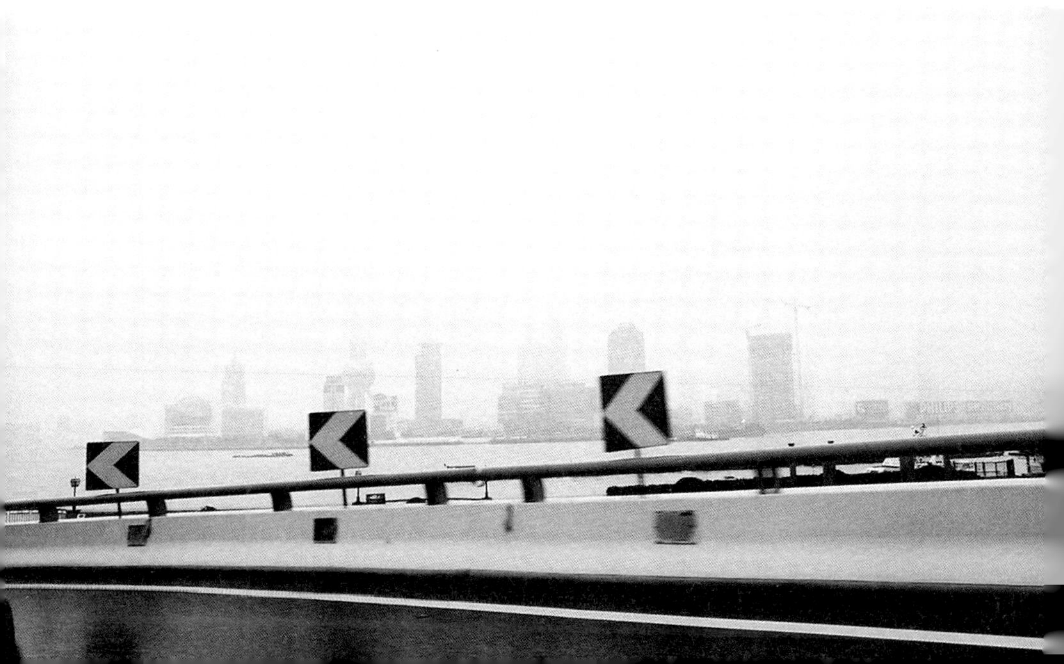

城市與城市

	廣州	香港	北京	上海	武漢
求職條件	城市優勢：產業中心，以製造業和高科技產業聞名。	到處是機會，英語能力為生存必備條件。城市優勢：銀行和金融。	城市優勢：大使館和各大企業代表處總部所在。	城市優勢：一個有活力的城市，擁有大量外資企業。	少有外國企業。城市優勢：有一些法國企業進駐。
文化藝術	尚可；但比起北京和上海似乎差一點。	藝術活動種類廣泛，城市充滿活力。國際大都會，有各式各樣的可能性。	是首都！音樂會、歌劇、芭蕾舞、京劇、話劇、雜劇……演出頻繁。	活躍富生機，展覽眾多，甚至有英文原版電影放映。	尚可；但幾乎只看得見中國文化。
夜生活	酒吧和俱樂部都存在，但是有一種蕭條和暗淡、憂鬱的氣氛。	各種俱樂部聚集在這個城市中，數量可觀而生機蓬勃。	不如上海發達，不過我們畢竟能在此找到一些還不錯的地方。	蓬勃，遍布在城市各個角落。你能沉浸並陶醉於任何一個中式或西式情調的酒吧裡。	俱樂部和酒吧都很多，十分開放。
外來人口聚集情況	一般中等	非常強	強	強	弱
城市地圖	太糟了，污染嚴重，永遠像工地一樣亂糟糟，少有風景可觀光。然而她的魅力與可愛之處，也令人終身難忘。	可怕、污染、嘈雜，住宅狹小、生活節奏壓抑。所幸這個島和島上裸露的平地都很迷人。	愉快。有許多值得遊覽參觀的地方，馬路寬闊，可騎自行車，氣氛很悠閒。但是長期有汙染塵霧。	有汙染、嘈雜。公寓狹小。但即使如此，我們仍會被這個充滿活力的國際大都會所吸引。	散佈在這個區域的美麗城市和中央古城非常可愛，適合喜歡享受悠閒、寧靜生活的人，除了不穩定的天氣之外，一切令人滿意。
不舒服的地方	有點髒、受到污染，可以遊覽參觀的地方少。	嘈雜、可怕的快節奏，令人窒息。	規定、限制多。	城市周圍缺乏自然原始的景觀，在那裡難以放鬆身心。	那裡的氣候！而且外來人口少。
城市	一座典型的中國南方城市。	大都會，容易接近。	旅遊和文化。	生機勃勃、友善。	安寧、和諧。

出。現把它譯了中文來看。

看這張表格，中國這幾個大城市，每一個都好像都被點到了自己的「痛處」，也點到了各個城市的迷人之處。從個人角度而言，有時看一座城市就像看一個人，人無完人，城市也各有缺點和不足。而正是這樣的獨一無二，向我們眞實呈現了一個城市的眞實與魅力。

去中國其他地方走動時，最「痛恨」，其實也最傷心的，是看到所有城市都長得一個模樣兒。一式的中庸。在中國城市化進程中，呈現出「千城一面」的格局。半高不高的現代水泥樓房、半寬不寬的馬路，一樣的商店、一樣的廣告。毫無城市自己的個性，是沒有好好尋找與發覺城市自己的魅力嗎？

有一回去中國文化發源地，中部的一座小城市。照理說她應該有自己的城市建築特色。可是在那個並不繁華的市中心，卻坐落著一個空蕩、碩大的「港匯廣場」。只是沒上海徐家匯的那一個「港匯廣場」規模大，沒有那麼洋氣，沒有那麼精緻。粗糙一點、鄉土一點。小規模的鄉村城市，和少量的人口，需要這樣規模的商場嗎？裡面能賣什麼東西呢？她有沒有結合自己的居民特點呢？想到這裡，不知道是笑好，還是難受好。

這是誰的錯？內地照抄上海；上海照抄香港特區；或者照抄紐約；照抄巴黎……等等，自己越來越沒特點。內地有些城市似乎缺乏自己的信心，越來越沒有努力發覺自己的優勢。看到上海的模樣，反正模仿就是了。其實她們有著比上海更深的中國歷史積澱，或者比上海更好的自然風景。爲什麼不可以在自己原有的歷史上，發揮自己的原創力，做出自己的特色？不同的城市特色，應該有不同的城市建設與規劃。

一個城市的自我生命力是絕對可以被激發的。但願她們本身不會再告訴我，如此的「千城一面」，就算是中國往現代化進程邁進了。如果哪兒的城市面貌都一樣中庸，那會是中國形象的遺憾。

上海一座城，看中國全部城市。是一場誘惑，也是一場反省。

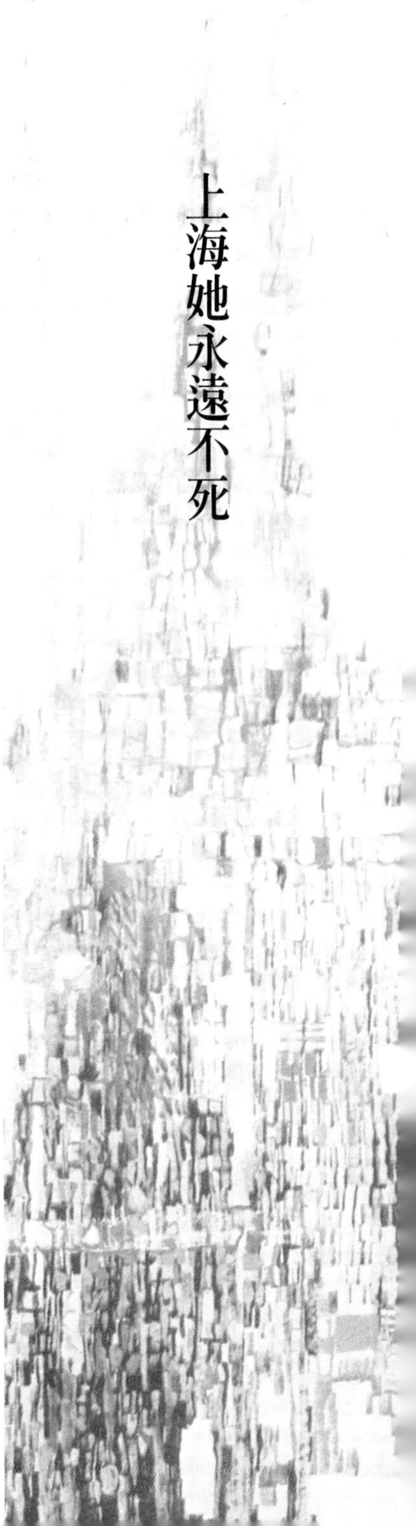

上海她永遠不死

十九世紀，有一個英國人來到了上海。他寫了一本書，叫《華北諸省三年漫行記》。此書中寫到上海：「……絲、茶運到這裡比運到廣州更容易，所有的綠茶和絕大部分的紅茶，運經此地要比運到廣州便宜，所以英國商人選擇此地，不選擇廣州；上海的氣候於健康有益，而且當地人很溫和、外國居民受到尊重。作爲一個居住的地方，她很多有利之點勝過了她的南方對手。」他叫羅伯特·福鈞(1813-1880)，當時的身份是一個植物學家和旅行家。

想知道他初來上海的情形嗎？「……在上海我們無論什麼時候走出戶外，總有數以百計的人聚集在街頭，跟在我們後面，熱切地想看一看我們，好比倫敦街上的群眾，想見到女王那樣。每扇門裡、窗裡都擠滿了男人、女人和孩子……，似乎我們是來自月球者，而不是地球上的普通人。」

當時的上海距今天已一百五十多年的時光。

而現在，我們把鏡頭縮到二〇〇二年的一個傍晚。一個普通上海人，做完了工作，下午五點多鍾，照例出門去家附近的Lawson(羅森)超市買串燒吃。他或者她的家，假設位於靜安區烏魯木齊路、華山路附近。他走進店裡，看到一個日本人在讀報紙，一個美國青少年在優酪乳的貨架前嚼著口香糖，而兩個蒙著大圍巾的高鼻子、黑睫毛阿拉伯女人，在一邊議論著如何挑洗髮精，還有兩個中國婦女在收銀機前結賬。

於是他付完錢，拿著一串貢丸和兩隻茶葉蛋出來。有兩個香港人，在小店門口攔住了他，小心地用粵語普通話，問淮海中路是不是在前面那個路口？他回答了對方，在「謝謝」聲後，他準備過馬路。突然眼前一陣旋風，一個德國人背著登山

包，踩著直排輪，從他的跟前飛衝而過。他看了看那個比機車滑得還快的德國人，定神，繼續往前走。一個戴著貝雷帽、神態閒雅的斯拉夫人，正牽著三隻狗，它們像火車一樣從他身邊安靜的開過去。拐過弄堂的時候，他還想看小店裡的VCD。於是進去了，他聞到了一股麵包和香水的味道。他瞥了一眼，身邊是一個拿著法式長麵包的法國男人，在唧唧呱呱和身邊小個子的中國女友，討論哪部片子比較好。當他挑好VCD從小店走出來時，旁邊攤頭上的外來妹小姑娘，正在收拾、處理水果攤子賣剩下的幾隻青柚。再過去一點，馬路邊賣茶葉的小店裡的老頭們，正在將白天的茶水倒進街邊的陰溝。然後，他聽見有人禮貌地用一句英語打斷了他漫無目的地閒逛，兩個淺棕色頭髮的小夥子，用沒有四聲的普通話，問他：附近哪裡有一個叫「瑪蘭」的酒吧？於是他又耐心回答他們……。

這就是這個傍晚他遇到的一切，短短不到三十分鐘之內，你相信嗎？

它就是這麼活生生地發生在你身邊。假如你每天生活在這塊區域的話。

估計到了二〇一〇年，上海召開世界博覽會的時候，這座城市不止淮海路、華山路，或者南京路會出現上面這種情形，在所有的馬路也許都會遇到「國際村」的朋友。他們跟你一樣，生活在你居住的弄堂或大樓裡。只是頭髮顏色不一樣，眼珠顏色不一樣，說話的語調不一樣。他們每天的談笑聲和內地人的方言，同時穿插交錯進入你居住的新式里弄中，而你正在窗前喝一杯自己煮的咖啡，順帶數數院子裡掉下了幾片白玉蘭花的葉子。

他們會在二十四小時便利店裡，逛來逛去，輕輕嘀咕著拿不準該買哪一種薯片會比較好吃。他們不再只出現在政府元首的外交接待會議上，不再只出現在那些高級、華麗的賓館裡面，不再只出現在上海著名的旅遊觀光景點裡，走來走去……。一夜之間，他們已經悄無聲息地空降到你每一處日常生活的角落裡頭。

你會有什麼感覺？自己住在一個國際社區？或者某一所大學的留學生宿舍裡？又似乎不是啊，好像你就住在自己從小長大的弄堂裡。昨天分明還有對面的王家阿婆，爲你送來最喜歡吃的五香茶葉蛋。

於是，你會頓然覺悟，上海就已經這麼樣成爲一個國際化的移民城市。

一個大移民城市。

有美國紐約來的朋友告訴我，他們一個星期內在上海街頭聽到的美國口音，比他們在香港特區的一個月還要多。是啊！一張中國面對世界打開的臉、一個中國人看世界、感受國際薰陶的切入口。在上海，你可以看到巴黎的身體，紐約的臉孔，東京的腳步，香港特區的氣息……。

在二十世紀三〇、四〇年代，上海已是多少流亡於外的僑民心中，一份眞實情感的牽繫。記起七十多年前，一個叫喬治・布維耶的法國人，在他的書《Souvenirs d'un Francais libre en Chine》裡，寫下這樣的話：「……命運叫我離開上海遠去，而這不會是一場告別，也絕不會是一場永別。因爲，上海在我心中，她永遠不死。」

那麼現在，所有正在和上海這座城市發生著大大小小關係的人們，本地的、國內的、世界的……，能否和上海完成一場存在於永恒之間的告白？

好吧，就讓我們來完成一場對上海的語言敘述與影像敘述。

無論你是哪裡人；無論你是哪一國人。

此時此刻，以上海爲起點，你的生命，實際上已與她血脈相連。

因爲——

Shanghai never dies.

上海永遠不死！

Part 2

上海駐民，上海現實

FOCUS ON THE CIVILIANS IN SHANGHAI

Documentary 1

離開上海：2002

當我開始寫他與上海的故事時，他已遠離上海。他去了中國內地一個偏遠的小城。背著他的攝影包，去看一群得了不治之症的小孩。

兩個月前，他坐在上海最貴地段淮海中路的高級辦公大樓裡。每天坐地鐵上班。他平時一個人在城市裡閑走時，會隨意地拍一些照片，這是他的愛好。他覺得自己比較理性，所以才愛上那種有快門機械快感的照相機。那些攝影鏡頭裡，他記錄的大多是都市光鮮的高樓，穿高級襯衣繫高級領帶匆忙上班的人群。每天五點半下班，他常約女友去附近的新天地Luna吃東西。他比較喜歡吃那種抹了很多Cheese

的義大利海鮮通心粉。吃完會去那裡的電影劇場看一部美國片，再叫輛計程車把時髦而文雅的女友送回家。有時他也會去參加一些公司的雞尾酒會，和一些成功人士與穿各色晚禮服的女士們喝酒，看拍賣的藝術品。

現在他踩在泥濘不堪的村外雪地，那雪已經把這片荒涼的地區封了好幾個星期。有三天沒洗澡，爬坡時扭了右腳。褲子髒的很，膝蓋處已經磨破，手機沒有任何訊號。

村裡人看他的眼神像在看一條野狗，他感受得到。

幾個月前他去茂名路。那個酒吧他常去，名字跟他在法國巴黎看到的那家一模一樣。那是巴黎一處頗富盛名的休閒處，許多名流會光顧。

上海這家，夏天去應該會比較好。你可以透過木網格窗戶看見綠色植物、紅色的牆、紅色的沙發，還有紅色的燈光。樓上擺了一尊佛像。人們酒足飯飽後都聚到這裡。起舞前先點香，敬佛，再亂舞。

他心情不好時會去那兒，有時他喜歡和一些老外聊天喝酒。在上海你可以碰到很多外國人，年紀大多和他一樣年輕。他覺得和他們在一起會更坦然些、開朗些。笑就是笑，哭就是哭，情感那麼直接，沒有過多的世故，沒有人心的算計和傾軋，他們的童年和青年生活裡比較單純簡單。

就彷彿東方電影和西方電影。東方的電影和電視劇，好多以人際勾心鬥角、人性錯綜陰暗爲主題而產生情節戲劇性。大部分的西方影視在這方面顯然不敵東方人。他們的複雜和激烈都是硬碰硬，擺在台面上的。可見東方人對人心體會的深度。

這個城市發展得很快，快得讓人驚訝，有時他會有種厭倦感。當你到達一定程度之後，好像會被城市的物質優越俘虜起來，上不能上，下也下不得。

他想到常參加的那些五光十色、衣香鬢影的酒會場合，只是漂亮點的「油花」而已——這座城市的「熱湯」最上面的那些東西。

他早上刮鬍子，摸自己的臉，軟軟的，甚至有些浮腫，他想到那些四十歲上海男人的臉，圓圓潤潤，細細白白的……

有次他在酒吧裡坐著，看到一個女孩對他拋媚眼，女孩苗條且精緻。她把露出乳溝的低胸衣服理了理，說她冷，想討杯酒喝。他買了酒，聊了一會，女孩說餓了，想出去吃點東西。他陪她走了一段路，她說她知道一個吃東西的地方，但是要坐計程車。他叫了輛車，開了好久，終於她說到了。她下車直接走進便利店，說口渴了想買飲料喝。她直接從貨架上拿了最貴的進口鮮榨果汁擺到結帳台。她看看他，他又付掉錢。凌晨三點，她熟門熟路地領他到了一家外地人開的小吃店。當時已經沒多少飯店在營業了。她坐下點了一碗油汪汪的鱔絲麵當早餐，那是店裡最貴的麵點，他要了一碗餛飩隨便充饑。女孩又告訴夥計再加一塊大排。吃完，她說再買兩個蔥油餅吧，這是她給她媽媽的早點，他掏出錢包一一付掉。然後他跟她走到弄堂，她說她到了。他說，那好，我送到了，再見。他知道她爲什麼要特意到這裡吃東西，因爲她家就在這，可以省掉車費。「這就是我在上海碰到過的女人」，他說。

他沒有再熟識其他女人。他只記得以前公司有一個外地女孩，似乎對他暗示過好感。那天加班他請她到「必勝客」吃宵夜。她馬上補好精緻的妝，又在包包裡塞了一本書。用餐完畢他付帳之後，看她，她說你先回去吧，我還想在這裡看一下書。她拿出書來，用一種優雅的角度舉起翻開，對著所有能經過她這張桌子的人。他走出店裡，想起她對他說過，在她很小的時候，就喜歡上海這座城市，特別是喜歡租界遺留下的情調。所以她義無反顧地放棄她家鄉的優越工作和生活，隻身到大上海闖蕩。像今天能化好精緻的妝，坐在靠窗座位的意大利披薩餅店裡，拿著一本有英文字的書看，這種感覺就是她要的感覺。

「可能我骨子裡是分裂的……我沒辦法跟別人一樣忍受單調的環境。」他說。

我看著他：「……小不忍，則亂大謀。」

他淡笑：「……我沒什麼大謀，只是多了些沒勁的感覺而已。」

此刻是二〇〇二年的平安夜。二〇〇二是一個好年份，那麼對稱工整。而上海以後還會迎來她的二〇〇三、二〇〇四、二〇〇五……。街頭有許多年輕人摟著自己的女朋友，冒著上海冬天特有的陰冷，站在大商場前看台上時髦ＤＪ們表演和玩遊戲。

上海的冬天一直都很陰冷，或者可以叫做濕冷。這冷讓來這座城市過冬的人們暗暗叫苦不迭。

他背著他那小小的攝影包，在一節寒冷的火車廂裡席地而坐，他牢牢握住幾卷底片，讓它們恢復溫度，以免照相時被凍住拉不出來。他的右腿膝蓋隱隱作痛，早上在村口時，他把他唯一的一張一百元鈔票，換成了好幾張十塊錢，塞到那些躺在黑泥房子的孩子們向他伸出的細小手心裡。那些孩子因爲母親不幸輸入被污染的血液，而感染了不治之症，他們出生時已沒有明天。他不知道明天是不是該回去了，離開這裡，回到上海，重新過安穩的日子。他開始想念上海——「熱湯」，一碗熱湯是他現在最需要的。城市是無辜的，關鍵是人的心。

他知道他活在一個由革命改變生活的時代，人人都渴望過得舒服安穩，他也不例外。他知道他做不了眞正的「英雄」，這只是他所剩的良知裡最後一點情懷，那一點不爲私欲而冷卻的人道精神，和那一點點不隨潮流的善良眞情。

他突然想起自己常去的那個上海酒吧，它的名字就叫Boudha Bar，「Boudha」的法文意思，是佛。

當他回到上海從火車站走出來時，城市的上空飄起了少有的小雪，上海已有多年不曾下雪。午夜時分，他伸出了手，微張開唇去接觸那雪的滋味。冰冷的雪像一個個深夜出逃的自由精靈。他知道他已回到上海，又站在城裡最繁華的馬路上。那一剎他心裡想起他在火車廂時，用凍僵的手指寫在日記本裡的那一句話：

「當我的靈魂翱翔的時候，我感到現實的枷鎖，當我拋棄枷鎖的時候，卻感到她曾經是我在地球的唯一依託。」

Documentary 2 「超現實主義」下的「小巴黎」

突然發現上海無端多了一種「超現實主義」的味道。下面的故事是講上海與法國。許多上海的文化人心裡總會把自己的城市和法國巴黎相提並論，也許是歷史上的一段因緣。上海過去曾有「French Town」，許多國外的旅遊書都會提到。且不提當年在花園飯店的法國總會，在現代人眼裡，那些歷史彷彿被時光「超現實」過了，只留下老人們回憶某一段似眞非眞的對白。現在上海和巴黎似乎還是有著某種共通點，但卻是「彼此錯位」、「變形」了的。因此，才「超現實」主義。

上海的馬路，尤其是淮海路上的兩排樹，上海人都叫它們「法國梧桐」。而到上海遊玩的法國人則會驚喜的狂呼道，在上海居然也能看到「le platane」（法國懸鈴木）！

其實兩個地方的人都弄錯了。上海人錯是因爲那不是法國來的梧桐。據眞正的老上海說，現在上海馬路上的樹大多是以前從昆明運來的梧桐，和法國其實沒關係，儘管有不少上海作家總愛在描述上海的法國風情時，風雅浪漫的提一提上海馬路邊的「法國梧桐」。其實根本就沒有「法國梧桐」！也許只因爲它們是種在法租界，所以被誤爲「法國」的「梧桐」，儘管「梧桐」一直都是土生土長的中國樹種。

而法國人錯的是上海的行道樹不全是懸鈴木。懸鈴木和梧桐的樣子很像，但兩者是不同科、不同目的植物。雖然在法文裡兩者都叫「Platane」。

後來靜安賓館又有賣法式麵包。陳丹燕描述當年法式麵包在上海如何吃香時，說上海人買了靜安賓館麵包店的法國長麵包回家，「然後吃上好幾天，直到本來鬆軟的麵包全潮得像牛皮糖」。儘管牛皮糖到底是什麼滋味我已經沒有印象，但我知道，法國生活風尚裡的細節就這樣滲到了「上海」這層麵包紙紙背裡面，彷彿染了一層牛油，永遠也分不開了，分不清哪一層是「紙」，哪一層是「油」。這種「錯綜複雜」的關係，讓人可以體會到上海一直是包容的，只要是她看得上的東西，就可以從外人那裡找到某種恰當方式切入。

大家都說，法國人是歐洲的「中國人」；而上海，則是東方的「巴黎」。兩個國家都有過悠久的文化歷史，爲人處事中都留意人情味道。但上海和巴黎的人碰在一起時，還是隱隱有著差異。巴黎是世界上的時尚浪漫之都的這種不容置疑，就好像上海人把自己城市看成是中國最懂得現代化生活的城市一樣。

上海淮海路陝西路口的百盛（Parkson）商廈對面的星巴克咖啡館，是現在年輕人領會略上海時髦，看城市風景的好地方。它也令人想起孫樹棻筆下的三〇年代上海「沙利文咖啡館」。南京路摩仕達商廈原址就是沙立文咖啡館，當時在英美公共租界裡。他在回憶文章《咖啡館的舊日溫馨》裡說：「倘若半世紀前的住宅電話上也能裝錄音設備的話，那麼到現在我們也許還能聽到這麼段對話。對話者是兩位女性，都有充足的閒暇，家裡也頗有點錢——那時能裝上住宅電話的人家並不是太多的。

『Alice,今天下午你出來麼?』

『出來也可以，上哪裡去呢?』

『我想去蘭棠看看皮鞋，再到興泰去買條領帶，我先生快過生日了。』

『那就到Chocolate Shop見面吧!』

『好，Chocolate Shop。三點鐘。在樓上。』

「Chocolate Shop」就是指沙利文。如果是今天，她們或許會選擇約在百盛商廈對面的Starbucks Coffee了。喝完咖啡，可以到百盛幫先生挑條領帶，或者買可以放筆記型電腦的公事包之類的。

這是一個上海女孩和一個巴黎女孩的Rendez-vous(法文:約會)的手機對話。不過她們不是因爲先生過生日，而是爲了解悶而逛街。那天正好是下過雨的秋日午後，上海女孩朝馬路撐開傘，看見巴黎女孩無動於衷，有點驚訝，說妳你怎麼不帶傘啊？要不我借……巴黎女孩搖搖手，甜甜一笑，對上海女孩說，我不喜歡在半大不小的雨下打傘，除非雨很大。上海女孩有些訝異地看著她的巴黎女友，她邁開她的長腿走在濕濕的上海馬路上，神情自若，和晴天一樣沒有分別。

上海女孩一個人撐著傘跟在後頭，還是有點想不懂。

她看到大馬路上來來往往走過的各色精緻上海女子，她知道她跟她們一樣。她的打扮是經過刻意的用心才得來的。出門前她在家裡那只老紅木衣櫃前照了起碼半個鐘頭的鏡子，考慮今天穿哪一件比較好，因爲是要去見一個來自最時尚城市的外國女孩，自己一定要用心，既不能穿得太正式，讓人家

覺得突兀，也不能太隨便，否則兩個人站在一起，一比就把自己給比下去了。

當這個上海女孩打扮妥當，用外人看不出花了半小時甚至一小時的努力才得來的「悠閒」去見巴黎女孩。巴黎女孩第一句話就誇讚上海女友穿得漂亮。上海女孩笑得有點訕訕的，心想還是不小心打扮過頭了。她覺得自己的打扮比起她的同事們已經很「不講究」了，她只塗了一點點眼影而已。

看著身邊的巴黎女孩，她的打扮就是那麼簡單，那是一件上海女孩肯定不要穿的、覺得落伍的鏤花白布襯衫，外面套一件短小的黑毛衣，露出一點裡面那件白衣，外衣是一年四季都可以穿的樸素黑皮衣，一頭自然的金栗色頭髮，沒有挑染紮染負離子燙正離子燙過，就側垂在肩頭——安靜而優雅的，一種眞正無心的優雅與細節。總會有行人，或者是咖啡館、飯館的侍者停下來出神地望著巴黎女孩一會兒。相比之下，所有的「哈日」、「哈韓」和上海女孩努力的精緻都顯得有點滑稽。她，一個巴黎出身的富家女孩，如此這樣簡單純樸的美，一點沒有來自世界時尚之都的貪欲、跋扈與張揚。還難能可貴的保留天性裡淳樸和自然的一面。是一種內在的「優雅」，從心靈到外在氣質，都沒有被名牌和物質扭曲變形，沒有給「超現實」掉。

坐在巴黎女孩對面的上海女孩於是開始若有所思地攪咖啡，想這和上海城裡的一棵樹，一塊麵包，一件衣服，或是一個眼影——

既有關，也無關。

Documentary 3

永遠的「Queena」

上海可能有很多個Mary，但是Queena卻只有她一個。

很多人說她和她的母親是一個模子裡刻出來的。她的母親年過不惑，將至知天命之年，仍是非常有風韻的女人。她的母親把自己新式弄堂裡小小的家裡收拾得乾乾淨淨，擺滿幾隻繡著卡通圖案的枕頭，立櫃上放著三兩隻小狗小貓的陶瓷擺設，有一種市民的情調。全家最貴重的家具是擺在進門處的立式鋼琴，上面小心地鋪著一塊織繡的白巾。她的母親參加她中學的家長會時，一直都是最漂亮的、最有風韻的一位媽媽。她甚至到學校教導一群女孩如何跳紅扇舞。當年插隊落戶時的文藝表演裡，上海的小姑娘裡屬她跳得最好，可是她沒有進成文工團。她現在是做家具買賣生意，留著略長及肩的鬈髮，依然年輕，眉毛細細描好，一身標緻連衣裙是她做青春少女時留下的時髦。每一個女孩都希望有這樣的漂亮媽媽，會幫女兒起Queena這麼一個古怪而獨特的英文名字。

她的母親喜歡與眾不同。這個名字有著英國貴族血統，不是一般人會取的。不同，才能突顯品味。她嚴格地教育她說，「我們不能做小市民的！」這是眞有其事的。她的母親把女兒打扮漂亮，然後爲女兒拍各種藝術照，有在沙發上靠著的，有穿連衣裙和針織黑色外套作「祈禱」姿勢的，非常漂亮。她也找來自己的朋友，她的母親也熱情地爲她們塗上細巧的口紅，化好妝，擺出畫報封面美女的姿勢，倚在自家的弄堂窗口上，拍照拿給別的女同學看。這是她們平時的娛樂。

Queena現在長大了，她把自己的英文名字從Queena換到Lynn，又換成Maggie，再換成Vicky，最後換到Queena，就像換手機品牌一樣。她在上海一家外商工作，每天早上到南京西路的嘉里中心上班。她有很多朋友出國留學，現在都去英國，因爲美國簽證很難簽，而澳洲、加拿大、紐西蘭在她這樣的女孩眼裡，又太沒有貴族氣息了。她一個學金融的大學同學已經去英國曼徹斯特讀了三年書，E-mail寄來的數位照片裡，她站在英國老街上的書店裡拿著一本英文書巧笑倩兮，讓Queena羨慕得嘴唇咬破掉。自己好像不是讀書那塊料，所以她安慰自己，以後請年假自己去歐洲旅遊吧，或者在上海找一個英國男朋友，更可以誇耀一下。她的一些上海女朋友，都是這麼樣來的。

Queena以前也交過兩個男朋友，他們是那種標準的上海男孩，在外商公司上班，穿藏青色、燙得筆挺的長褲和白襪、黑皮鞋來找她。每次都帶幾盒她愛吃的美國杏仁什麼的給她，但永遠不會過分昂貴。每次約會完，總是在九點三十分送她到她家門口，文雅不越軌。Queena有時覺得這種戀愛總是缺了點什麼，她根本沒想過有一天會和他們談婚論嫁，她是永不服輸的。在工作上，她馬上要跳槽了，她的下一個目標是到南京西路上的恒隆上班。跳槽總是可以越跳越高，只要自己有上進心。

Queena在很小的時候就很有商業頭腦了。那時她家附近的文具店裡有一種新款

1933年11月上海《良友》畫報第82期，時裝模特兒。

的自動鉛筆盒，就是上面裝了很多小彈簧，按盒面上的按鈕就會自動彈出很多小格子，依次是筆刀、橡皮、鉛筆、課程表等。她媽媽在Queena生日時就買了這樣的鉛筆盒給她。她班上有個女孩家裡是富商，看中了Queena的這種鉛筆盒，Queena說，我可以幫你買，就在我家附近，到時你給我錢就可以了，隔天Queena果然幫那個女孩買了「貨」，要價十五塊。那個小女孩後來和媽媽在淮海路上的商店看到同樣的鉛筆盒，只要八塊。Queena說，我收的是合理的手續費，那時兩個小女孩才九歲。

她一直穿黑色衣服。上海很多年輕女孩都是一身黑，不黑不「酷」。Queena記得自己以前上康橋英語夜校的時候，有一個家裡有司機的女孩，從裙子到鞋子、外套都是黑色，神情永遠很冷漠，可是她總是搶著跟外籍老師對話，讓別的同學少了很多跟外籍老師說話的機會。她也搶過幾次Queena的說話機會，讓Queena耿耿於懷。因爲Queena的英語程度在班上是數一數二的。那個女孩家境富裕，曾讓她到英國玩過，所以她比別人敢開口說英語，可是她的發音還是有濃重的滬語「普通話」腔，一聽就知道是中國人講的英語。Queena總是不以爲然地想，眞正的發音和素質不是靠家裡有錢就買得回的。但Queena還是忍不住學她的打扮，也穿一身黑色，即使料子差一點，做工差一點，也多少讓她有種自己是「富人」的錯覺，還有不甘心落於人後的上海獨生子女的「驕傲」。

她還記得那女孩上課時都在桌上擺一瓶薑汁汽水，於是她便記住了這個名稱和包裝。後來她和朋友們到咖啡店，她也會對侍者說，來一杯薑汁汽水，表情一定要隨意而漫不經心，她會有種小勝周圍女伴的高傲，又不致被嘲笑只知道點可口可樂與七喜。

她知道這是從她的「對手」那裡學來的，她的時髦與品味，包括在酒吧抽的香菸牌子，都是這樣一點一點學起來的。有時從外國朋友那裡學，有時從雜誌上看到，有時是從街上走過的陌生女孩身上偷到，用心良苦。想在上海這樣的地方混，做一個不被人看不起的眞正Lady，就是要這樣子。

不能被人看不起，是Queena的人生準則，像她這樣從普通家庭出來的普通上海女孩，這是一種自愛自尊的表現。

沒人敢說這只是一場「行動藝術」而已。

Documentary 4
一個上海典型新好男人？

本想把他當作「新上海」好男人的典範，可後來卻發現好像有點兒「相反」。

他一天的上海生活作息表，如下所示：

早上六點鐘起床，去坐四十八號公車，穿過延中綠地，去美格菲健身中心健身。

八點半再坐兩站隧道線，去浙江路的公司上班。

九點正式打卡進辦公室。

中午十二點到一點吃午飯。如果早上六點沒去美格菲健身，這時就去補健身。

下午有時會去碼頭，約客戶喝咖啡談生意。

五點半時通常是和客戶吃晚飯。他喜歡和父母吃飯，但通常兩周才有一次，對他而言這是個奢侈。

跟客戶吃完飯，回到父母家，基本上就不想做別的事了。

看一會兒十點鐘的上海台新聞，再打個電話給女朋友。

十一點鐘睡覺。

周末會去上海交通大學讀在職的工程碩士課程。

……

他從小生活在優越寧靜的上海西區，是個典型中產階級知識份子家庭，有一個哥哥。家人都對他很好，童年無憂無慮。因爲喜歡海，所以考進一所海運學院。大學畢業，進了不錯的公司，職位也不錯。

在最適當的時候交了女朋友，準備買房，明年或後年結婚。但現在他依然每天回家和父母住。沒有像時下年輕人流行和女友未婚同居。有時他和幾個朋友在外面聊得過了十點多鐘，他的女朋友一直打電話給他，他都很有耐心地接，然後就禮貌告辭準備返家回她電話。大家都羨慕他的女朋友，有這樣踏實的男朋友、未婚夫，眞是幸福。他對朋友們也很講義氣、重感情。朋友結婚，送金送酒，禮數周到。平時喜歡看看足球。唯一比較誇張的行爲，就是某夜看電視轉播足球比輸了，和鄰居一起把啤酒瓶子扔到樓下的弄堂裡，那也是在他少年的時候。他有一個嗜好，他每周日晚上一點鐘一定準時收看中央台電影頻道的探索電影節目。專業電影人都不太能堅持的事，他卻像每天早上去健身一樣準時收看。在同齡的人還在看動畫片，他已經能欣賞王家衛電影裡那些破碎而華麗的城市影像了。

可是，他卻對我重重強調一句話——

「我非常非常討厭，做一個什麼上海新好男人。」

「我不喜歡上海人。」他說，「我喜歡北京人。上海人太市儈。」

他用一個北方的字眼，表示從小到大在上海做一個好男人是一種怎樣的感覺——鬱悶。

他說上海什麼都有，可是他老了卻不想留在上海，上海的商業氣氛太濃、節奏太快。他第一次出差去天津，看到那裡人的生活節奏都比上海整整緩上一拍。那些日常、生活化的節奏，讓他覺得，那樣的生活才是眞正的生活。提到上海，他的印象裡盡是「重商之地」、「海納百川」一類的字眼，腦海裡出現的是長長的延安高架路，和外灘燈塔。

他說上海的快節奏讓人來不及思考。如果一個年輕人不思考是很可怕的，他還說上海人這樣下去不會成大器。他一直記得余秋雨在《文化苦旅》裡寫上海人和上海的致命弱點那段。人在一個地方待久了，從來沒變過，也許就該重新反省一下了。

公司裡多數都是上海人，大多都信奉「屁股決定思考」。我笑了，他說，你坐在那個位置上就決定你必須如何去想問題。領導坐在領導的位置上，就必須從他這個位置的角度去思考問題，職員也是一樣。他說相比之下，他喜歡和北方人交往，

覺得他們爽快不扭捏。也許所有要做一番大事的人，都不能一輩子留在上海。

就像女作家王安憶描述當年在上海出名的女作家張愛玲和蕭紅，爲什麼最後還是出走上海：「你一進這城市，就好像入了軌，想升，升不上天，想沈，也沈不到底，你只能隨著她運行。理想和沈淪都是談不上的。」

所謂的鬱悶，就是這種煩，無處發洩，也不能夠發洩，只有深深積聚在心底，越積越多。就像表面看上去那麼溫和、禮貌的上海新好男人，他們的苦悶，只能自己一個人慢慢體會。

他說他在公司裡，還是一個脾氣比較「衝」的人呢。遇到老總和領導們做錯的事，他總是忍不住直言幾句，高中時代他雖然一直是班裡最低調、最老實的男孩，但仍是一個明亮、直率的人。你能說這裡面有一點點不像傳統觀念中的上海男人嗎？

他最喜歡坐在黃浦路三十三號的海灣會三十層頂樓的咖啡廳裡，他的右邊是外灘，左邊可以看到蘇州河，還有滔滔的黃浦江，全景視野開闊，而且高聳的浦東現代新建築，都離自己很親近，那是眞正的上海。他說應該去看看外白渡橋，每個來上海和在上海生活的人。那是因爲上海本身就是由大大小小、細細長長的河道連成，過去是這樣，這個城市是在這樣的基礎上建立起來的一座國際繁華大都會。中午時外白渡橋黑色的鐵架在純澈的陽光下，像是有生命似的在輕輕對他呼喚，於是就什麼鬱悶都沒有了。

他想到眞正的上海。大學時代騎自行車穿過黃浦江隧道，從北蘇州河路騎到南蘇州河路，馬路是單行道，晚上沒有路燈。河邊兩旁的一座座大倉庫裡有一種昏黃老舊的氣息。城市的歷史感和溫暖的情感都從這裡延伸出來。那刻也許他心裡眞的愛著這個他出生的城市——上海。

Documentary 5 上海美男

第一束陽光照臨城市，他騎著他的火紅色本田摩托車，從淮海中路、東湖路呼嘯而過。

六十年前的同一時間，一個上海小開駕著他的美國哈雷牌摩托車，從霞飛路、杜美路隆駛過。

時間就是這樣。

那個上海小開是他的爺爺，早就退休了，悠悠地靠在陽台上的搖椅裡曬曬太陽，餵餵竹籠裡的兩隻虎皮鸚鵡。他指著莽莽撞撞衝進衝出的孫子罵道，玩摩托車的時候小心點自己的小命，不要沒頭沒腦。

他是上海現在的小開，但他自己好像不承認。他的頭髮從早年的郭富城頭，變成貝克漢頭，後來又挑染成棕黃色，到現在的長髮披肩，還燙起許多小波浪，像歐洲的中世紀騎士。他一直很喜歡騎士，騎摩托車也是騎士，只是活在二十一世紀。他不看中國的東方武俠，他崇拜西方的騎士。那年市百一店東樓舉辦西班牙禮品展，從此，來他家的客人都要看他興致盎然地拿一把鋼劍和一支火槍，學著西班牙城堡裡的騎士。

他初中時那年，全上海流行送賀卡。於是他在班上發賀卡，是當時最貴的進口賀卡Hallmark。他現寫現送，問道，你有了嗎？你惶惶然道，……沒。於是他啪啪啪像理撲克牌一樣展示他手頭上還有那些存貨，自己挑了一張適合你的，拔出德國記號筆，大筆刷刷寫下一行抒情句子。打開卡片，鋼筆字的那個句號，還拖著一條長長的、抑揚頓挫的墨跡。

於是每個人手裡都有他這昂貴而珍貴的進口賀卡。十幾年後再遇見他，他是一個國營企業的商品行銷經理。高中畢業，外語沒有學好，全用在隨心所欲的玩樂上。不過這並不妨礙他賺錢。英雄總有用武之地，上海這麼大，況且他的父母是經商的，省吃儉用也要讓唯一的兒子過得衣食不虞。他坐在淮海中路的咖啡館露天座上，嘴裡嚼著生菜沙拉，用濃重的鼻音說「Monsieur, Bonjour」（法文：先生，早上好），他的發音很標準，這是他會的所有法語。

三年前他告訴朋友，他要去瑞士念酒店管理；兩年前他告訴朋友，他要去法國尼斯的大學念書；一年前他對朋友說，他準備去英國讀MBA，現在每天都背一百個單字。許多上海年輕人最後都去英國讀書，一來英語是從小就學的，不必再爲文法繁複的法文、德文另起爐灶，況且現在如此匆忙，根本沒有多少時間能讓你堅持學完第二門外語的，二來英國令人想到歐洲。想到高品味和高格調，想到紳士和貴族，而不是美國化的平民和速食，他對自己的要求一直很高。

他也知道上海所有好吃、好玩的酒吧和飯店，哪裡最好玩，哪裡的酒吧最有情調。女孩和他出去會非常有面子。他從衣著搭配，外形到舉止都很紳士很得體，絕對「多一分則多，少一分則少」，是一個少有的優質男伴。男孩和他出去，絕對會很有壓力。他會抽雪茄，懂得滑雪，他也知道到哪裡買上好的老式家具，他懂得所有生活品味。他住在臨水岸的公寓大樓裡，家裡擺著手工雕刻的經典老上海西式家具。那些雕花繁複的木質舊家具裡，放著最新式的彩色電視機。他牆上的分離式空調和各種現代傢具都套在精緻木質老壁櫃「外衣」裡。他對玻璃或者是地板都很講究，如何做出古歐洲家族徽號的彩色玻璃窗，如何使客廳的地板呈螺旋的兩極。書房裡什麼都多，唯書不多，排列整齊的是日本機器貓卡通漫畫書。但他興致一來也讀一點厚厚的西方古代史，比如他知道古瑪雅的方形圖案象徵著四種意義，除了歷史文科研究生外，一般人很少會知道。

他聽的音樂也頗具品味，從老爵士到Billy Joe，還有愛爾蘭古風笛，他還找到一個台灣人，能讓人一天就學會彈奏爵士鋼琴，使他足以做一個「情調高手」。

有一天一定要開家酒吧，每年他都會說一次，想像他在酒吧迷離的棕色燈光後抽雪茄的樣子，那是他的人生寫照。

他最推崇錢鍾書的《圍城》，他奉爲處事人生圭臬。他很喜歡看香港商業電影，比如劉德華演的，他說人生已經這麼累了，看片子時當然要輕鬆一點。如果看那些絮絮叨叨的歐洲「文藝片」，他覺得那很「矯情」。

當他穿著半透明的長袖白棉襯衣，白色休閒褲，盤腿坐在白沙發時，他身上有一種低調英國香氛，幽靈般在房間裡飄散。他說「好好享受生活嘛，這才是重點……別把我當紳士，你知道『偶(我)只是一個農民而已』。適當時候懂得適當「調侃」自己，也是「優質人群」的特色之一，懂得體恤一下他人的「心理不平衡」嘛，否則別人豈不是要「眼紅」得衝上去解決他？

最後一次知道他的消息，是聽說他把那輛引人注目的火紅色本田摩托車賣掉，去學開小飛機了，私人的那種。

上海時尚頻道裡有個經典廣告，一個骨感的女模特兒，慵懶地坐在地鐵裡，面目潮濕而模糊，她用微翹的嘴唇冷冷而沙沙地說道：

「生活，是這座城市……絕對的信仰。」

Documentary 6
上海，你會否成全我……

她看到我的第一句話，是「你的房間裡現在冷嗎？」

我嚇了一跳。凌晨一點十五分，我對著筆記型電腦上ＭＳＮ的視窗，黑夜裡，白慘慘的。我沒有開空調，想省電。我腿上蓋了一塊毯子，旁邊的桌上擺了一盤IKEA買的小圓蠟燭，十九塊可以買很大一包。小圓蠟燭對著我就像一個個閃爍綻放的眼神，心頭便覺得溫暖。

「我的房間，現在很冷。」她說。

我們深夜在ＭＳＮ上重遇，她是我大學七年的朋友，大學、碩士我們都是一起念。當時只知道她是典型的川妹子，嬌小，眼睛大，喜歡吃辣。記得大家拿到證書後，熱熱鬧鬧地一起吃研究生畢業聚餐時，她最晚來，最早走。還沒吃到最後一道甜點，她說就要回公司上班了，老闆催得緊。

她在上海一家電腦公司上班，到年底應該做足半年了。

「我的腳對著一隻電暖爐，手裡還捧著懷爐，我還是覺得冷。」她說。

她一個人租了一間小屋，一個人對著牆壁。

「我想辭職，不幹了。爲了這三千塊一個月的工資，還要忍受老闆的愚蠢與苛刻。」她說，「我們一共才六個人，加上老闆。其中有兩個同事已經決然辭職了。他們也無法忍受這個過分愚蠢的老闆……」她不停跳出一句句話。

「可我想，還是忍忍等到發了年終獎金再走罷。這裡我沒有家沒有房沒有親人。大家都很忙。」她說。

我在MSN給了一個表示心疼和共鳴的笑臉。她的句子後沒有任何表情符號。

「在我出生的地方，那裡有家有房有親人，我想回去！」她重重加上一句。

有的也許只是現實的某種淒涼。

「可是……我的黃金時代都是在這裡度過……十八歲到二十五歲，人生最美好的一段時光都留在了上海。」很快，她跳出了這一句話。

通常在知名的全國綜合性大學，除了本地上海同學，還會有許多外地來的學生，他們踏進這座大學的同時，也就走進了上海。每年畢業會有很多外地畢業生在上海找工作，把自己的人生放在上海這一站。上海自有她一種浩瀚大氣的「大人才」觀，她以博大和開放吸引著年輕人，而且上海開始停辦藍印戶口、推出居住證制度後，就增加了更多的「駐民」進駐上海。上海許多人才招聘會上，不少外地畢業生成了上海人才市場上「探路」和「活躍」的主力，許多上海企業中的活躍優秀人才，往往出乎意料地是不太會講上海話的外地人，他們為人誠懇，更懂得珍惜每一個機會。

但不是所有的路都是容易的，特別對一個女孩子來說。一個人在上海這樣的龍蛇雜處的城市裡打拼，孤獨、寂寞和失望擺在任何人面前，都是一次生存的考驗。

是留，還是回去？

她說「昨天加班太累了。我就打定主意，今天豁出去了，不理什麼八點上班，睡到十點鐘，然後我跑到老闆辦公室，裝出一個羞愧萬分的模樣，老闆居然原諒我了。他不知道我是存心賴到十點再起床。實在沒有動力去上班。我這樣做，你一定看不慣吧？」

我想起以前還和她約好，以後要去她家玩的。她出生長大的城市是全國最懂得享受閒慢生活的。那裡會是怎樣的一幅情景啊！他們每天喝一壺上等好茶，提著一隻精美的鳥籠，慢慢走過街頭，然後在一家香氣濃郁的小吃店裡閒閒坐下，和幾個跟自己一樣慢悠的老朋友聊聊天，在美味小吃的香氣中看夕陽給這個城市披上慵懶的華袍……從那座城市裡走出來的她，現在面對上海這樣一個大家都忙出忙進的緊張生活，是什麼滋味？

我覺得她很孤獨。

「好像我這樣說，有點兒像個『逃兵』似的吧……」她似乎開始不好意思。

「沒有，我懂。有時需要等，時機未到。」

我給她一個月亮臉孔的符號。「累了的話，就早點睡吧。」

她亮出了一支「鮮花」符號和一張「微笑臉」，然後下線。

房間很暗。我突然想起了大學裡的一幫老同學朋友們。

他是我們過去話劇工作室的台柱，他來自北京，性格也俐落。在大學裡當學生會主席，天生有一呼百應和捷思敏辯的領袖氣概，那時每位同學都爲他天生的藝術氣質感動萬分。冬天我們在很冷的學校廣播室裡排練，他在最後揮手打掉玫瑰的那刻對著窗外站了好久。排練結束了，對戲的女同學早就恢復正常，而他還沈浸在那一刻中。他背對著我們，一動不動站了好久。大家都呆了。

他是個天生的演員，我們後來都評論道。只有張國榮才那樣入戲。

好似《霸王別姬》。

畢業後他去上海一個知名的民營企業拍房屋廣告，很快就當上主管，但是好像胖了。他說，那裡讓他瞭解「與人鬥，樂趣無窮」的滋味。據說他的大學好友在那爲了生存下去，做了些不擇手段、對不起他的事情，他顧全大局忍住了。那一個排擠他的大學好友，也是一個從外地到上海尋找未來的孩子，並且是個看上去相當柔弱的女孩。

現在他又跳槽了，在上海一家世界著名的4A廣告公司。他說裡面都講英語。他應徵的是公關。大家有時很疑惑，難道他不想再搞戲劇、搞電影了嗎？他是那麼有天份啊……他說總要有人犧牲一下，爲了養活理想中的藝術而去做一些和藝術不太有關的事吧？他願意讓自己先成爲一個犧牲者。

記得大學裡教授說過，人活著有兩個層面，一個是生存層面，吃、喝、拉、撒、賺錢、養家，滿足身體的需要；另一個是存在層面，是一個人找回自我，建立自我生命獨特性的終極存在。

也就是人的心靈依託。

問他爲什麼選擇在上海。他笑說，「選擇比較盲目。」接著他又說，「當初來上海，是因爲一直待在北京，想換個地方，結果就來上海。事實就是生活比較簡單……當然，老婆是個重要的原因。」每個知道他倆的人都會由衷羨慕他們從大學起就相親相愛不分離，他倆在上海也搬過很多次家。許多外地來的年輕人都在上海搬過很多次家。上海，對他們有吸引力，但似乎是無根的。上海，會讓人有心靈依託嗎？

我問他，上海對於你意味著什麼？

他說，一個生活了很長時間，而且還會待很久的地方。

Documentary 7

一個「特立獨行」的安徽人

他說第一次來上海時，在上海火車站露天廣場上睡了整整三天三夜。

那時剛好是夏天，所以不怕著涼，可是一連三天不洗澡，他徹底地成了臭人。

十年前他剛滿十八歲，一個安徽小子，沒念過大學，高中剛畢業。

現在他是上海前十大廣告公司創意部的一名大將，在徐家匯地區和一個上海朋友租了一套高級公寓，準備開公司，他負責多媒體高科技設計。

我認識他已經三年多。

他始終是樂呵呵的，個子矮小，眼睛很大，精力充沛。他的頭髮一直是鬈鬈的，顯得不羈。

來上海的外地青年中有很多人是到上海來找工作的，而且這些人有很多沒唸過大學，高中甚至初中畢業就出外闖蕩的。而安徽來的又占打工人數的大部分。這是一個社會階層流動的問題，曾經和報社記者的朋友討論過，上海這個中國的一級城市，自然會讓那些二級城市、三級城市和四級城市的人期待與嚮往。人的本能是往更好、更高的地方發展。上海對他們來說，進駐留下等於多了一次生存的機會。

在大部分上海本地人的陳舊觀念中，來上海工作的安徽人好像是比較窮的，是「民工」，而且有點懶。一戶上海人家曾經請了一位四十歲的安徽婦女來作全日制的保姆，並且照顧家裡老人。結果她老是記不住上海人愛吃的臭豆腐從市場買來後，必須先沖洗一下，總是每次直接扔進鍋裡上桌，然後就窩在客廳的沙發上發呆睡覺，人倒是始終笑呵呵的。家裡的女主人忙進忙出，老人要解手或者肚子餓了，她渾然不覺，最後這家人還是客客氣氣地請她回家。過了兩天，又來了一位眼睛細細的五十多歲紹興阿姨，她脾氣急，做事勤快，讓女主人非常滿意，說請阿姨是請定紹興的了。這位阿姨以前就在淮海中路美美百貨樓上一戶外國人家做，對西洋的習俗非常瞭解，所以對這戶信奉基督教、會去國際禮拜堂聽讚美詩、有海外關係的上海人家，是最好也不過的；上海人總覺得在外國人家都能做的阿姨，好歹叫人放心一點的。

話扯遠了。雖然從安徽到上海的人大多做些一般上海人不願意幹的基層工作，但上海也有一些努力而勤快的安徽人。讀碩士時班裡的安徽女孩總是最討系裡導師們的喜歡，她們非常用功，每次的報告總是寫得最好，而且又乖巧，總是小心說話，安份守己，總是能看到她們「認真」地求生存。

他在上海人家裡作木工傢具時，主人念上海大學的兒子有一天對他說：「做木匠永遠沒出息。」這句話刺激了他，他從此決定要改變自己的命運。

那時他剛到上海，在火車站廣場上睡了三夜之後，有個建築公司到火車站來找民工，他就去了。從替上海人做裝修開始，他還幫人家做家具，然後他遇到同齡的上海大學男孩對自己說那句話。他決定不做裝修了，他發現電腦會愈來愈有用，但他一下子拿不出那麼多學費。他四處打聽，翻電話號碼簿，託朋友介紹他到當時幾家用電腦做設計的公司裡。老闆是上海人，是當時滬上數一數二的技術能人。

老闆說，你先做兩個月，做得好，學會東西，能接工作了，我再給你薪水。於是他本來一個月還有一千元薪水，變成沒有收入的人。不過勤奮的他馬上就熟悉老闆教他的那些軟體操作技術。後來老闆說，我可以給你每個月一百五十元的薪水，他當時聽到簡直哭笑不得，不過他仍忍住了，誰叫自己要在上海混？誰叫自己想學到知識改變命運呢？他更賣力地工作。他的笑容一直都是發自內心的眞誠，即使面對摳門的上海老闆，他也不會耍手段欺騙他。

時間慢慢過去，他已經不滿足於老闆教他的一點點東西。他感慨地告訴我，他眼中的上海老闆都是精明的，除了這位他要一起合作的上海夥伴，那個不能算是眞正的上海人，他是在外地長大再回到上海。上海老闆怕你學走技術，因爲這是他的飯碗，他怕你翅膀長硬單飛，所以總是很小氣。

不過機會總是留給細心的人。當時他的公司會遇到許多從深圳過來的客戶，當時對於上海的設計界和印刷界，那些深圳來的人是讓許多上海學設計包裝的人俯首膜拜的。他從客戶的談話中聽到「Photoshop」，其他上海同事甚至是老闆都沒有注意到這個單字，這是在深圳普遍使用但上海還沒有使用的軟體。於是他下班後開始到處找「Photoshop」的盜版軟體。因爲他根本買不起正版。當時在上海找盜版軟體很難，他幾乎找騙了大街小巷裡的攤販。現在那些小攤販、小老闆早就隨著上海高架建起和拆遷，像泡沫一樣消失了。最後他終於買到了。

他開始在下班後用公司的電腦偷偷學，一個人一學就學到深夜十二點。他的公司在淮海路上，住的地方在寶山，他每天騎自行車來回，要騎一個半小時。房子是一個老鄉找的，是建築工地的毛坯房子，窗戶沒裝半塊玻璃，上海人過耶誕節的冬天，他就這麼睡。

老人總愛說技術學到手，就是眞的在自己身上，逃也

逃不掉的。他偷偷學會了當時最先進的軟體技術。一次有客戶來到公司提到這個軟體，老闆傻了，聽都沒聽過「Photoshop」，他站起來走到老闆面前對他們說，我可以幫你們處理看看。

後來這個以技術見長的上海老闆反而向他求教。他的薪水也從每月一百五十塊變成一千五百塊。他在上海愈做愈好。

在上海求生，你覺得需要什麼素質？我問他。

他依然以他非常有感染力的笑容，淡淡說了兩個字：眞誠。還有，勤快。

Documentary 8

「我們」和「我」的年代

她是杭州女孩，有江南女孩都有的細白皮膚，上海女孩用再多資生堂的粉，都比不上她們皮膚的自然和雪白。

她是個才女，寫得一手好文章。畢業後卻放棄了直升碩士班的機會，去了一家東南亞外商公司工作，忙忙碌碌。我寫採訪信給她的時候，她說她有一年多沒有寫過東西了，她覺得手生，不知道該怎麼回答我的問題。五天後我卻收到了她一封很長的信。面對她給我的信，我忽然有個念頭，就是把她原汁原味還原出來。這是一位浙江地區女孩到上海生活的所有感觸：

「所謂『我們』，很無奈地出生在一九七六至一九七七年間，至少有一個兄弟姐妹，至少有一段農村生活經歷，至少有一個在成分欄是塡國家幹部的家庭成員，至少有三年以上的宿舍生活。成績不是最好，但也是中上。性格不是很怪很強，偶爾也會脫軌。長得說不上美，但也不醜。我們的生命延長線比不上上山下鄉那一輩，但也不短。

請看我這個典型：小學在家鄉農村，離區政府三十公里；初中在一個離縣政府三公里的小鎮；高中在城裡，離市政府三十分鐘；大學在上海，感覺和世界零距離。

我們被父母湊巧生在那幾年，特別是我們都跑到上海來了。當然『我們』大多互不認識，散見於城市的各個角落，既沒有知青俱樂部，也沒有街舞派對，唉，我們像把兩根長鏈子的連接點，挺有點責任感，和一點點孤獨。

有一點很遺憾。因爲我來自杭州，路亞看我，是不是像看一個江南女子的背影從西子湖畔的煙花霧柳中逐漸淡出，場景轉換，出現在上海大舞台上的是重新仔細描畫，加上清晰線條的現代女性？其實是這樣，高中三年裡，僅有那麼幾次大考後的放鬆中，我和女伴們有那份閒心坐在西湖邊，兩條腿在水上晃蕩，看遊人如織。

什麼是江南？我總覺得有身在其中而彷彿其外的迷茫，因爲在我的意識裡，我的家鄉是那種滿莊稼的山，是可扶石而過的水。所以我看上海並不是拿以杭州爲代表的江南人眼光，只是像我那時看杭州一樣，有點劉姥姥進大觀園的味道。

還是說說我與上海吧。我很慶幸來到了上海。自從發現大學校門口莫名其妙多了一個高架後，上海的日新月異已不是什麼值得驚歎的事。上海是飛速變化的城市，人也一樣，如果你認不出七年前的自己，千萬不要傷感和驚奇。

當我跟在扛著皮箱的父親身後，在黃昏後的校園中尋找六舍，感覺濃黑的林蔭道怎麼也走不到盡頭時，作爲上海的外來者，差距和陌生感就已隱含其中。那時候我們宿舍八個人，分別來自吉林、內蒙、山西、江西、福建、浙江(我)和上海，後來才知道整個班級三十個學生中，上海人僅有三男三女，並且被分進了不同宿舍。我們的宿舍生活就如同國際社區，在相對公平的起點上任本土特性表現發展，而不像有的以上海人爲主流的環境一樣，在相對受壓抑的條件下逐漸被上海的語言生活習慣同化。這就是四年後，我們把不會吃辣椒的上海女生調教成了『小辣妹』，卻還不能用上海話與商販們討價還價的原因。

然而，這卻正是上海的人氣所在。大舞台之中，似乎總有兩部戲在同台演出，一部是用上海方言，一部是南北混音，兩部同樣精彩。

我一九九五年到上海，一九九九年華師大中文系畢業生，在校是個好學生，奇怪的是在別人已預備成爲黨員時，還沒有人來找我談話，建議我寫申請和心得。漸漸也就認同了黨外人士的身份，因爲在上海，個性本是眞正的第一元素，張愛玲式的「特立獨行」反而愈來愈在女性身上成爲主流。大一大二有些發憤圖強，大三開始在麗娃河邊望著情人們發呆，大四在精神動蕩中度過，怎樣生存？賺錢還是讀書？對有的人來說，兩者本不矛盾，但對於獨自在外，再沒勇氣要求不富裕的家庭來支援的畢業生來說，畢業就如大兵壓境，群狼後追，你非得作出一個選擇。

很多人都問我，爲什麼放棄得來全不費工夫的研究所保送，而去

一個月薪一般的外商工作。我也想起那天獨自坐在窗前，決定用幾小時來思索決定今後幾年的命運。從前我做夢也沒想過去外商工作，我覺得自己可以成爲一個好老師、好編輯，但太率性了，不會是個好職員。是上海爲我打開了生活的另一扇門，推開她，也許前景無限，也許誤入歧途。

但上海，給人一種信心，門之後絕不會只是一條死胡同，還有更多的門在後面，所謂條條大路通人民廣場。

之後是三年的外商生活。和很多獨自在外掙生活的女孩一樣，按時上下班，本分地工作。剛開始會充充電，慢慢開始有點懶，慢慢開始抵不住時尚的誘惑，逛逛街，偶爾還喝咖啡。慢慢有家的渴望，於是和準丈夫滿上海跑房子，開始計算買菜需要幾毛錢。學生時再沒錢再打扮老土，也還有滿不在乎的自我欣賞，現在呢，淡妝濃抹也只覺得是那芸芸眾生中庸碌的一分子。

上海—傷害。用拼音輸入『SHANGHAI』時，電腦總是給你兩個選項，一不小心上海就會變成傷害。擠！宿舍擠，吃飯擠，洗澡擠，公車擠，……幾年過去了，高架架起來了，地鐵呼嘯而過，輕軌穿越了城市上空，傳聞已久的磁浮列車已成爲現實，可是現實依然是一個『擠』字，售票大姐的手不分輕重，一律將你往車廂裡推；人才市場的守門人早已頂不住人潮，所有的欲望在展廳裡擠，擠得頭破血流，也還是心甘情願將熱血撒在上海啊！

我聽說，三個男人抵不上一個台灣女人，三個台灣女人抵不上一個上海女人。上海女人令人驚歎的地方眞不少，是在寒冷的冬天裡穿了四件毛衣還能穿得好看的那種，也是罵了你十句你還當表揚的那種。工作後有一段時間被上海方言包圍，而且清一色是伶牙俐齒的女高音。那種當面談論『鄉下人』的肆無忌憚很讓人窒息。上海話急促連綿的特性決定了上海女人的銷售天分，三句兩句就能把你說得心軟，但一轉眼也可以把你罵哭。

這麼多年在上海，連一個喜歡的上海男人都沒發現，也許會讓那些『上得廳堂，下得廚房』的新好男人隨口罵一聲『操』。就是這一聲『操』，不知損了上海男人多少風度。上海音很靠前，捲舌音沒有，後鼻音沒有，『ZI CI SI』很多，男人一不小心就會成娘娘腔。他們大多話多，公益勞動時縮手縮腳，公車上有老人站在座位邊的，要麼裝睡，要麼眼睛看窗外。

天哪，我從沒喜歡過哪個上海男人，我的外地同學也統統嫁給了外地男人！

去韓國漢城遊玩時，很欣賞那裡的紅綠燈：杆子就豎在人行道邊，大概只有一人多高，不用抬頭，小孩也很容易就看到。紅綠燈的顯示器也並不只是一個圓球，而是分成十個左右的小格，上下排列，通行時間快結束時，綠燈就每隔一秒，自下而上減少一個，非常清楚，提醒度也很大。回來再穿行上海的馬路，就有點感慨。

也許從城市的規模外觀上，上海比漢城更爲炫目，但在某些細節上還缺乏一些人性化的設計，未免有些粗糙。拿紅綠燈來說，還不僅僅是人性化的問題，合理性也值得懷疑，比如南北綠燈亮時，北面的自行車不僅向南騎，還可以穿越南面開過來的車流向東大轉，由於時間上不分先後，根本違背了轉彎讓直行的交通法規。難怪車禍不斷，而外國人久而久之也不得不習慣了隨人流一起闖紅燈。

好了，假如你剛來上海，是類似『我們』中的一個，我願意先送你一份地圖，上面標了一些在吃穿住行上可以給些提示的地方，比如華師大的後街有很多南北的小吃，地鐵常熟路站邊的華亭服裝市場，蘇州河邊的便宜私房，五毛錢可以坐到底的公車……你可以騎著幾十塊錢買來的舊車在上海的大街小巷蕩過來蕩過去，給你的地圖卻和眼前所見渾然對不上，眞是好心幫倒忙啊，那是張一九九五年版的上海地圖，七年裡上海地圖不知有過多少次改版，又哪能作爲你們新生活的指引？

熟悉一個城市，不僅要去明珠塔上俯瞰全貌，還要將她的角落兜個徹底。你不僅要學習她的語言，還要保持一定的距離，用來審度她，嘲笑她。幾年後，你會像大多數人一樣，捨不得離開這個城市，儘管你說不清楚，是愛她，還是恨她……」

這是她給我的全部回答。我不能多置一詞。

Documentary 9

「我是一個上海雜種？」

他是第一個當面給我取「綽號」的人。我遇到的上海人中沒有像他這樣的。他說女孩子念碩士幹嘛學文藝「批評」去給自己樹「敵」？——不如叫文藝「讚美」好了，「讚美」多好聽，似乎還挺有道理的。於是後來很長一段時間，我在他的腦裡就沒有眞名了，打電話給他第一句話是：「……喂，你還記得嗎？……我就是那個叫『文藝讚美』的。」

他是個思維極度活躍的傢伙。看他第一眼，就不像是中規中矩安守本分的上海人。他的思路也不那麼「上海」，天馬行空，狂放不羈，有著異乎上海的「怪人」氣質。而他爲人卻很和善，還有那麼一點幽默，而不是上海人的「滑稽」。

他應該是典型的非上海人。他來自土生土長的貴州，但他的時髦和前衛，有時比「上海人還上海人」。他是第一個把自行車推到飯店我們飯桌前的人。有一次他又對我們說，想弄一輛二手的「雪鐵龍」開開。那輛自行車可以折疊成一個甲殼蟲，是英國貨，要幾千元人民幣。他的折疊自行車兼跑車，讓騎慣了自行車上下班的上海人都大開眼界。他還比上海人更潑辣地買一張機票飛到雲南待三天，然後回上海公司繼續上班，只爲看崔健在雲南雪山上的搖滾演唱會。一般上海人好像不會這麼不「明智」的。他點的貴州菜也特別好吃，辣得驚人，特別下飯，飯是裝在粗瓷黑碗裡，和我從小用慣的江南細瓷白底藍邊小碗很不一樣。我們那時常常一群人呼三喝四地到他老闆開的貴州飯店裡吃飯。上海就是這樣好，全國南北的菜餚都可以在上海找到出路，有貴州菜，有四川菜，有新疆菜，也有陝西菜，而且越偏遠越有特色，越紅火。他的老闆也是從貴州來的，光看他的樣子，你根本看不出他是貴州人。高大，細皮白臉，穿著優雅而休閒，像個典型的廣告人，讓人覺得好像貴州人在上海廣告界混得還不錯。

現在他自己做老闆。他喜歡創作，在創作中，他的自我存在意識也得到了發揮。他少年時到上海的美術學校讀書，畢業後曾回去過一段時間，後來還是回到上海。他的工作，愛情，婚姻，都在上海這座城市發生。儘管他後來也去過很多城市，但他還是選擇在上海創業。他對上海的第一印象是很繁華，很有規範，很國際化，是創業的好地方，生活水準也很高，而且他是在這裡受教育，心理上有一種親近感。

一個外地人對上海的感覺，就像一場觀察。不是靜態的觀察，那觀察的目標自己也在動。上海不停地變化，觀察也不停地調整。以前上海人還很驕傲，現在世界打開了，上海人倒對自己產生懷疑，開始問外地人怎麼看他們的。

他說了一個令他難以忘懷的故事：

二十世紀九〇年代初，他和一個上海德國人做鄰居。有次他們路過上海的一條弄堂，看到一條醒目的標語：「嚴禁隨地大小便」，那個德國人問他這句話是什麼意思，他想了半天說，那是給狗看的，是給那些牽狗的人看的，要他們小心他們的「狗」，不要亂拉屎撒尿。他知道這是上海市宣導衛生時發給每個居委會在街道貼的標語，怕有人沒有公德心，而隨地……。他覺得告訴外國人這標語是給人看的，會有損上海的國際都市形象和中國人的形象，好像中國人連在公共場合不能隨地拉屎撒尿都不知道，都要「再教育」，那麼中國人成了什麼？野人？動物？

其實上海人很注重素質教育。因爲大家都知道大城市一定要提升道德素質，所以特別小心不能隨地如何，或者亂扔什麼。每個上海人都是在無數社會道德宣傳標語教育下長大的。但每一個上海人心裡也希望這些看來似乎太「弱智」、口氣強制的標語能少些，再少些。因爲當它們消失的那天，也就是文明素質眞正種到上海人心裡的那一天。

他說，歸根到底，這麼多年跑了很多地方，還是覺得上海人素質要比外地人好

些。整個城市節奏很快，壓力大，他喜歡上海人的「精明」，在商業社會生存就是要這樣。要學習上海人的「精明」，要懂得保護自己的利益和團體的利益，互不傷害。儘管上海缺乏北方的「哥兒們義氣」，可你在上海能自由選擇你願意交往的人。他提到：上海人，從「零」到「一」不行，因爲他們創造力，也就是原創力不夠，他們無法「無中生有」。但上海人，從「一」到「二」，從「二」到「三」很厲害，因爲他們善於運用、發展某個已存在的事物，可以發揮到令人驚佩的極致程度。比如酒吧，它不是上海人所發明的，但上海的酒吧可以從裝潢到餐飲到服務，做得非常細緻到位。

老了以後，他告訴我，他不會選擇在上海養老。他會找一個農村過生活。不過要是有外地朋友來上海，他會帶他們去看看上海的淮海路、外灘、新的浦東、徐家匯，還有蘇州河。他十八歲

那年第一次看到蘇州河，居然覺得「這條河裡有毒」。現在蘇州河改觀了，再也不是大多數上海人小時候看到那樣油黑黑、髒兮兮、有種說不出的臭味了。

他說，如果一個外地人要來上海，有一點很重要，「要有工作」。當然，要融入這個城市的規範，還必須瞭解上海人的特點，瞭解這個地方的人情世故。上海缺乏大恨大愛，總是小情小調。對一般的上海人來說，關心國際大政治大環境，倒不如過好眼前的小日子。

上海有什麼不好的地方麼？他摸摸自己別緻的廣告人氈帽，歪著腦袋想了想，說上海什麼都好，就有一點不好，天上下不了錢。

打個比方，他對上海的感覺像是看足球比賽。在上海看球賽，他希望外地隊能打敗上海隊；可哪天他身在異地看上海隊和其他隊比賽，倒又非常希望上海隊可以贏。他不知道自己算不算正宗上海人，也沒想過自己是否應該堅持做一個外地人。

「雜種。」最後他嘴裡突然冒出這個字眼，「我是一個新『雜種』。上海其實是一個『雜種』城市。」他一臉嚴肅。

Documentary 10

上海生活的「此時」與「彼時」

他的上半輩子是在農村度過的。

在地裡撒野、玩泥巴，甚至還隨父母插隊一路從貴州到新疆再回到上海。用煤油燈，吃大鍋燒出的粗菜。

現在他坐在上海西區最高檔的西餐館裡，用起刀叉卻是所有客人中最優雅、最自然的。好像他是吃西餐長大似的。

因爲帶大他的爺爺是個上海人，標準的上海人。二十世紀三〇年代的上海小克勒。從前在外灘的銀行做職員。

上海灘過去有這樣一種說法，在海關是捧金飯碗，在外灘銀行是捧銀飯碗。無論金飯碗、銀飯碗，都是當時在上海灘最令人羨慕的職位。上海人在那裡大部分是職員，他們安分守己，卻懂得中西規矩。錢鍾書的《圍城》裡那個講話總愛插幾句洋文的「Jimmy張」，就是那時「……做事體很OK的」典型上海職員。那個人物做的是買辦。

三、四〇年代的上海職員，和現在那些在外商公司工作的年輕人很類似。那些在外商公司做事的年輕人通常會有「Anderson」或者「Richard」之類的名字，而他們的爺爺或者外公，當年或許也叫「Bobby」或「Richard」；那些在外商公司做事的上海年輕人，穿著駝色毛料西式大衣去Office上班，或許就是當年他們爺爺和外公每天去外灘上班時穿的那種大衣。現在做奶奶的或者外婆，把它們從舊樟木箱子裡翻出來，反而很有「Retro Mode」（重新流行的舊款式）的時髦了。上海的年輕女孩也是，把外婆或者奶奶鑲粉色珍珠的髮簪，從泛舊的紅木首飾盒裡拿出來，到周末的Party上配著自己在茂名南路旗袍店做好的旗袍裙，夾在自己染過的酒紅頭髮或棕褐頭髮上，就有一種「花樣年華」般的冷豔時尚。

大英字典裡面寫：「Retro：A fashion, decor, design, or style reminiscent of things past」，意思是「懷舊的，對已過去的樣式、陳設、設計或風格的回憶」。沒有比上海人更能領悟什麼是「時髦的」懷舊了。換成一個北京人，或許他的懷舊是那胡同裡的鴿哨，或者是京劇場、說書館裡的那片響亮的熱鬧。

而上海人寧願安靜地細細回想那些弄堂餛飩攤上的一片模糊熱氣。就像《花樣年華》裡，張曼玉穿著窄身旗袍走到弄堂樓梯下的餛飩攤，去買一碗雲吞。

記得那一組鏡頭，導演王家衛用了高速手提攝影，配上大提琴冷調弦樂。

因此他完全夠格在看到我時，以善意的眼光原諒我的上海話沒有他講得那麼「標準」。他是他爺爺教出來的地道標緻上海話。這樣的上海話在現在三十多歲的年輕人當中是很少有的了。現在的年輕人講上海話有點普通話的用詞，又有點英文

舊上海的帳房先生

「奶油夾心」，有時也會有「KAWAYII(好可愛)」這樣的日文腔調。

回上海以後，他本來住在靜安寺附近，後來因爲和一個朋友合開公司，搬到龍華路的萬人體育館那裡。他只感歎一句，這次搬家什麼都捨得，就是捨不得靜安賓館邊的靜安麵包房。

上海人的生活裡什麼時候有了靜安麵包房的麵包，已經無法確知。也許愛考究的人會挖出一個出處來。有時黃昏我放學回來，走過這家店可以看見有三、兩衣著平淡的老人坐在靜安麵包房裡擺出來的幾張小桌子前，慢慢一小口一小口抿著一杯褐色栗子攢純鮮奶油。玻璃櫥窗外是兩片、三片掉在細格水泥磚馬路上的法國梧桐樹葉子。記得那時全上海的人都擁到那裡排隊買新鮮出爐的法式長麵包。那時還住在靜安寺的我，看到母親買回的長麵包，才第一次發現原來麵包可以做成這個樣子，而不是只能做成四四方方像一塊磚頭的維他營養麵包。

而多少年之後，當他坐在法語培訓中心教室裡，聽著氣質優雅的巴黎女教師，用非常好聽的法文口音唸「la baguette」(長麵包)時，他就想到自己馬上要搬家了。是呵，搬到龍華路就沒有靜安麵包房了。靜安麵包房在每一個享用它的普通上海人心裡是唯一的。他對法文女教師說起法國麵包和上海人，她驚訝地眨著眼睛，說上海人眞那麼喜愛她們的那種baguette嗎？

我安慰他。不過龍華路的旁邊現在有宜家，從瑞典來的進口貨。他心照不宣地對我笑笑。我告訴他，我是從母親那知道「IKEA」，母親去歐洲時，知道了宜家，宜家在那裡是大眾平民家居用品，便宜又可以自己裝拆。那時我正讀大學三年級，大鬧青年人的「獨立」，特別喜歡學校附近的蘇州河，決意搬到那裡一間老工房住，每晚可以在老閘橋上聞聞蘇州河水的味道。母親一急便想起「宜家」，連哄帶騙誘我去。結果把一個房間徹底打扮成宜家的「樣板房」，她才放心地回去。似乎我一個人住，只要用了宜家的東西，就不容易凍著，不易傷著，好歹能叫她放心一點點……

上海人好像特別善於接納國際先進生活理念。以前一件外國貨要託人託親戚從國外寄回來，有一兩樣就很顯耀了。現在上海幾乎能買到所有國外的日常用品。

30年代老上海，郵差給美女送信。在今天淮海中路上的新式
里弄裡也是這樣的房子和花園，只是人的服裝變了。

那時接到北京親戚的電話，當我一人住在「宜家」樣板房裡。她說宜家在北京已被賣瘋了！在宜家裡有好多人大包小包地像「逃難」似的瘋搶，把東西拖在地上走都拖不動……這話要是給上海人聽到，他們心裡一定會暗暗嘲笑，怎麼這麼「丟面子」呀。

上海人即使再怎麼崇歐崇洋，都必得以文雅的姿態來「克制」地進行，都是面不改色地進行，表面上一定要裝得若無其事。否則就不符合上海人對自我「見過市面」的精神定位。

百年的租界歷史訓練上海本地人的「矜持」和「自尊」。因爲是「見過市面」的，不是「鄉下人進城」、「劉姥姥進大觀園」。

後來蘇州河周圍老房子拆遷，自己又搬回淮海中路。留了一些宜家的東西在那間老房子裡。新的房間非常簡單，只有一些自己的畫。也許是眞有點兒不由自主的「害怕」，擔心去一位好友的新家就和回到自己的家一樣，彷彿你去中國每一個城和去另一個

城，沒有太多地理和時間的差異。那些馬路、房子、商店全都是一樣。

於是由彼時到此時又想到了一個問題：這究竟是一種親切感熟悉感的複製？還是德國美學家班雅明在一九六三年就指出的「機械複製時代的藝術品」狀態？

上海絕對是優質中產階級人種的印刷、複製間。

小有區別，大體雷同。質量維持在一個合適的高度，既不過分，也絕不差勁。那些會過小日子、小有成就的人，是一批批優質高級成衣，不是獨一無二的藝術品。否則代價豈不太昂貴了？再說，量身訂做天下無雙的唯一高級時裝不是多數人的習慣，少數頂端的才有辦法消費。

多的是「複製」，要麼就是令中產階級喜悅的「盜版」。

他們駕輕就熟，習慣地把自己複製，也照抄別人。總之小搞搞嘛，何必認眞。

都說，兩千年看西安，一千年看北京，一百年看上海。

上海的歷史太短。但上海這座城市又太特殊。

看上海這一座城，有一天會否也做了中國的「樣板之城」。

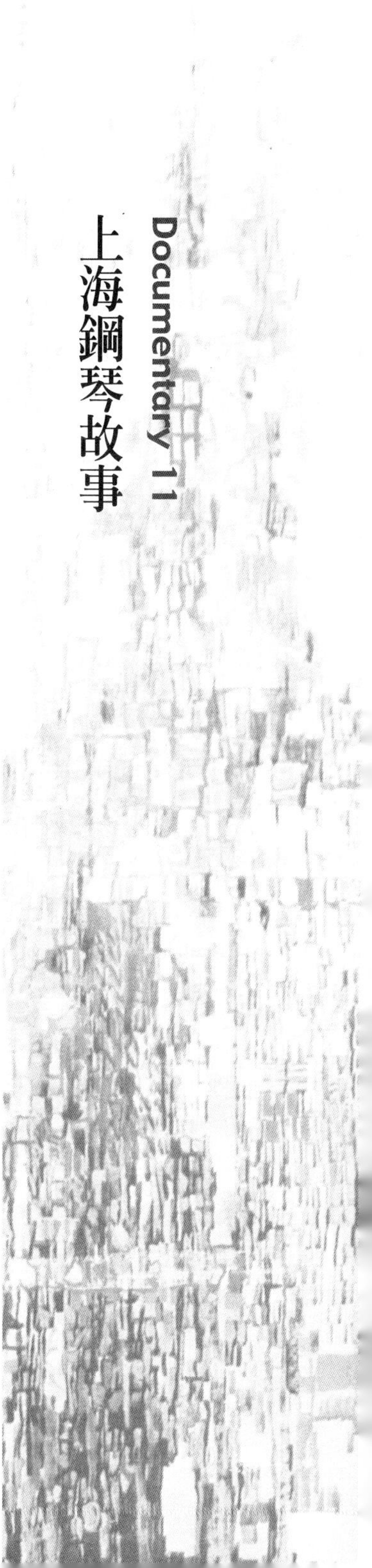

Documentary 11

上海鋼琴故事

她坐在我的對面，是一個典型的上海女孩，細緻，乾淨。她敘述她自己的上海故事，關於鋼琴。

有個上海小女孩從初中起一直自卑到高中，原因在於她不會彈鋼琴。確切地說，她可以彈很好聽的曲子，指法也不錯。但都是她自己一個人琢磨出來的「野路子」和絃。她從來沒參加過鋼琴檢定。

她的媽媽、外婆都能彈正統的古典鋼琴，媽媽和四個姨媽從小就由外婆請來的家庭鋼琴教師正規地教過鋼琴。現在她的姨媽們都是支援外地的上海知青，留在北京、南京等外地生活，但她們下了班回來後仍會彈鋼琴自娛，當地很少人會如此。

女孩還記得小學時，彈琴是件快樂的事。放學回來在家裡的那台黑色古老鋼琴上，琢磨出好玩的樂曲，她看著它，彷彿面對著一個沈默的巨大朋友。她憑她天生對藝術的敏感悟性，讓自己彈得和學校裡教音樂課、師範學校畢業、始終紮兩個小辮子的那位年輕女音樂老師一樣好。她甚至還知道，家裡那架黑色老鋼琴低音部分那幾個鍵是再也發不出聲音的，她也很清楚琴板上那刻著一行金色字體的外文該怎麼拼。那架老鋼琴是她童年隱秘的快樂。

她還記得小學時去愚穀村的男同學家玩，常看見他戴著他工人父親的兩隻藏青色長袖套在家裡練習彈鋼琴，他的腰板挺得直直的。這個男孩現在是一家電腦公司的工程師。整天和日本方面的同事打交道。她問他是否還在彈琴，他愣了愣，說他只是偶爾還聽一聽ＣＤ裡的鋼琴四重奏。

她讀初中、高中時，班裡很多女孩子都會彈鋼琴。沒有哪個城市的父母會像上海人這樣集體狂熱似的送小孩去學鋼琴。不管到底有幾個是自己真正熱愛的，父母都會從口袋裡掏錢幫小孩買一架或貴或廉價的鋼琴，請老師每個星期來教，並且定期去參加鋼琴檢定。她的父母沒有讓她去考，他們有他們獨特的見解，如果一個小孩喜歡自己去琢磨就去琢磨好了，沒有必要一定要逼著她練。

但這讓她在學校裡自卑。一個不能上台面的醜小鴨。她知道她能彈好聽的樂曲，可是她也知道自己的指法是野路子，一定會被人恥笑。在她們炫耀十級的鋼琴技法之間，她總是低著頭，她差點因此失去對鋼琴的熱愛。童年小學時光裡那種和陳舊鋼琴相依爲伴的甜蜜時光再也沒有了。取而代之的是老師勢利的眼光和同學間的明爭暗鬥。她爸媽的朋友、親戚帶自己的兒子、女兒來玩，最大的娛樂就是互相交流「鋼琴檢定」的經驗，讓小孩坐在鋼琴前彈上一曲炫耀技巧的曲子。那些大人緊張地注視自己小孩的指法和讀譜是否出現錯誤，而不注意小孩子指尖發出的琴音是否帶有感情。

她印象最深刻的是年級裡辦新年聯歡會，有個考過鋼琴檢定的女孩，驕傲而故意地說願意和她一起演奏。一首旋律很簡單的歌曲，《鈴兒響叮噹》。她回家把這首簡單至極的歌曲練了好久。那天當舞台揭幕，她太興奮太緊張，彈錯了音調，她聽到教室裡很喧嘩，吃東西聲，扔東西，玩鬧聲，就是沒人注意她在彈她努力練過的曲子，而且她還彈錯了幾個音。

她曾一度偏執的認爲鋼琴是世界上「最難聽」、「最下賤」的樂器。她再也不想碰那架老鋼琴了，她想像她的父親那樣做畫家，只用無聲的視覺來表達內心的無聲吶喊。

後來那些鋼琴十級的女孩，她們有的當了企業的職業經理人，平時只聽聽Kenny G的薩克斯風；有的讀了普通學校，最後成了出賣朋友的E-mail來獲取折扣優惠的小市民；另一個則去國外讀商科，雄心勃勃地準備將來做女CEO。音樂已經不能成爲她們炫耀的資格，她們知道鈔票和優惠裡有比鋼琴和音樂更重要的東西，就像當年能證明自己技巧實力的鋼琴檢定，比理解音樂魅力來得更現實與重要。上海人是善於打造高「修養」的人，兒證照是可以證明「修養」的。就好像英文，對出身上海良好家庭的女孩子來說，鋼琴檢定和英文檢定都很重要。至於音樂有沒有喚起她們內心那份眞正的天然美感，她們似乎從來沒有想過。

後來這個女孩讀大學以後發覺自己比較不自卑了，因爲班上有很多外地同學，他們沒有學過鋼琴，或者沒有去考鋼琴檢定藉此抬高身價。她才意識到地球不是只爲鋼琴檢定而轉動，她原本對音樂的熱愛甦醒了。

他們對她很友善，甚至還有些羨慕她能玩一玩音樂教室裡的陳舊鋼琴。她不必顧忌他們會挑剔她指法錯誤，她盡情彈她覺得美妙的音樂，她的周圍開始洋溢起眞誠的讚美。她知道，那些鋼琴十級上海女孩的陰影越來越淡，最後淡到像泡沫一樣無聲消失了。

她恢復對鋼琴的熱愛，每天晚上都爲父母彈一曲讚美詩，看他們和著琴聲快快樂樂唱歌，她覺得很快樂。那架陪伴她童年的老鋼琴早已朽壞，被家人賣掉了，現在她彈的是新買回來的二手鋼琴。有時下雨了，或者傍晚的時候，她願意彈上一曲，管它指法和絃是否正確經典，只要表達自己對音樂眞實而純美的情感。她明白世俗開了她一個玩笑，名利

城市孤燈

無關緊要，重要的是找回快樂的自己，同時也爲別人帶來快樂。

一切彷彿是奇怪而荒誕的夢。

而這一切，只是因爲鋼琴。

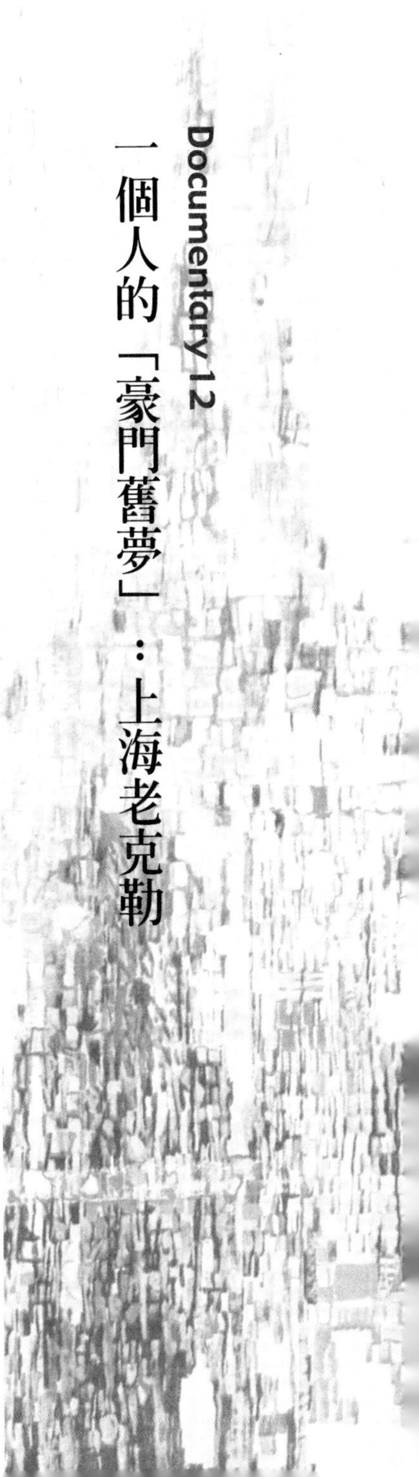

Documentary 12

一個人的「豪門舊夢」：上海老克勒

七十多年前的舊上海，有個清秀的小男孩，站在天主教會聖方濟學堂教室的門口。

他今天因爲忘記戴領帶，結果受到老師嚴格罰打。

他哭著逃學，再也不肯去上天主教會學校了。當時上海有許多外國傳教士開的學校，有基督教美國人開的學堂，也有歐洲人開的天主教堂。他說由外國人開的天主教會學校都非常嚴格，遲到要打五下，沒帶作業要打三下。至今他都是一個無神論者。

這個小男孩現在是白髮蒼蒼，但是精神很好、個子很高的老先生。他是上海典型的「老克勒」——所謂的「最後的上海灘豪門貴族」。他的名字很響亮，出了很多關於老上海的書，有著各種各樣的時髦和故事。他回憶上海舊日生活的書不到一個月已經售完。也許在淮海中路上的那家香港(特區)三聯書店裡還有存書。他的父親以前是英商有利銀行的買辦，職位不小。

那次見到他是在上海巨鹿路上的作家協會。那天上海城市裡天氣極壞，陰天飄著小雨，地上有許多泥濘水灘，像人困倦的眼。那裡倒一派熱鬧，典型的上海文化人聚會。我是坐在後面的年輕旁觀者，前面站起來一個個子很高、身板很挺的老人。白髮柔軟穩致地統統梳在腦後，中灰色的毛料休閒西裝，裡面是一件稍微淺一點的翻領套頭衫。他一頭銀白的頭髮會讓人想起上海灘西式老洋房裡，棕黑木頭西式家居櫥櫃裡，已有點年月但保存得依然細緻，閃閃發光亮著銀色光澤的昂貴銀盤。聽母親說，西方人把一只只精美銀盤放在櫥裡陳列的習慣，是一種貴族的、有淵源家底的代表。這盤子不是拿來用餐的，而是給人欣賞和讚歎的，它是身份、資歷和家世的沈默代言人。

他站起來對大家說，今天他不唸他的小說和文章，他要唱兩首歌，一首是美國的老歌，There's a tree in the meadow，另一首的名字更有趣，是Za-Pi-Di-Do-Da。然後他就清唱起來。麥克風裡傳來他低沈而標準的英文旋律。唱完，那些中年人、青年人都靜了好一會。

我對他說，您唱的跟我們聽美國三〇年代老爵士歌曲CD一模一樣。「你搞錯了，我唱的是美國鄉村歌曲，不是爵士。」他嚴肅而認眞的糾正我話裡的錯誤。

一下子覺得自己和他比起來，簡直是「粗糙」的一代。

「上海」這兩個字，對他而言是家鄉，是出生的地方。他的青春是在上海的大馬路上飄過去的，就像現在的我們一樣：

「當時正輟學在家，悠哉遊哉，無所用心，同齡的朋友大多上學去了，家中又無人作伴，於是成了咖啡館中的『孵客』，下午通常在靜安寺路上，『孵』在沙利文或是DDS裡，晚上則轉到霞飛路上，在那種懶懶散散、渾渾噩噩中消磨著我自己那段青春……」（《咖啡館的昔時溫馨》）

他的言行是現在喜歡懷舊的上海時髦青年所追求的。咖啡館，酒吧，慵懶的午後，老爵士音樂，老鄉村歌曲。可現在我們又能懷些什麼舊呢？自己並非出生在那個年代；那個特殊情景，沈澱了歷史的屈辱，只留下頹敗的精緻。況且現在的年輕人早已把動詞由「孵」換成了「泡」，「泡酒吧」、「泡咖啡館」……似乎沒人能解釋其出處原因了。也許「孵」是「單數」的，是一個人的行爲，帶點老上海的落寞和寂寥的感覺，有青春特有的淡淡而無奈的閑愁；而「泡」是一夥人擠在一起，是一個趕時髦的時尚行爲，帶點張揚，是喧鬧而雜燴的。

他問我，你知道當年上海的紳士是怎麼做的嗎？要有「紳士功架」，他講道。在他的一篇文章裡，有一個關於老上海「紳士功架」的趣聞。

「要做個『紳士』，必須遵守許多不成文的細節。比如嘴裡咀嚼食物時不能講話，不能口出被認爲是粗俗的字眼，不能當眾哈欠或打嗝，時時處處必須注意『女士優先』，要爲女士拉門，脫外套，掇椅子，見有女士來到或離開時必須起立，而在場女士中若有人放了個響屁，『紳士』就必須爲那位放屁者承擔責任，立即站起來向眾人道歉，自覺掮上那口『黑鍋』。有時竟會發生這樣的事情，一聲響屁過後，有兩三位『紳士』同時搶著站起來道歉。」

當年他住在英美公共租界，現在卻離開上海回香港住。那裡有他的姐姐和家人。照片上他的姐姐當年美麗地令人訝異。那是一種細緻的上海典型大家閨秀，毫不張揚，文靜。她的美全被安靜藏在當年那些扭曲而「超現實」的歷史波瀾下。當然他自己偏愛香港的嚴格管理，似乎那裡還有一點英國紳士天性裡的一絲不苟。上海，他覺得硬體已經很好無可挑剔，但是管理上似乎還不如香港那麼嚴格。對於那些隨地亂吐痰、亂闖紅燈不遵守交通規則的人，他說，就要重罰，罰上好多鈔票，才能禁止。

有時他會陪香港來的人到他的出生地上海遊玩，他會帶他們去看上海的東方明珠。提到東方明珠，褒貶不一，他保持中立。有許多來上海的海外朋友，日本的、法國的、美國的……到這座上海最高的建築上，好像可以看到更多上海全景，但是都被眼前濃重大霧給擋住了。他有時

外灘的老燈塔裡

會帶香港好友們去找找上海的寺廟，比如去靜安寺、龍華寺。另外還一定要看上海的浦東。他說，浦東是最新的上海，能讓人想到紐約。另外，老先生推薦上海博物館，裡面明清的工藝器皿值得看看。儘管他也說上海博物館的規模上還是太小了，應該還可以有更大的發展餘地。他去美國墨西哥城，看到那裡的博物館要比上海大二十倍，而美國大都會博物館更是把人類歷史都裝了進去，他希望上海也能集結人類歷史的全部。

唯一讓他看不懂的，是上海城隍廟，他老有一種奇怪的感覺，因爲那裡的麥當勞速食、哈根達斯冰淇淋和城隍廟的五香豆、小籠包平分秋色，擠在舊城廂的小馬路上。

老先生用了八個字，「不倫不類，不西不中」。

也許這就是「上海精神」。

Documentary 13

一個人的「逝水年華」：上海老紳士

寫這篇採訪稿時，必須先說一些題外話：

如果把這個老先生和前一篇的老先生放在一起，他倆一定會好好「打」上一架的。我也不知道怎麼會這麼巧。

這種巧，不是「重複」的巧，而是可以「互爲表裡」的巧。他們兩個人的條件是那麼相像。從外形看都是典型上海老紳士派頭，風度翩翩，身板筆挺，教養良好，瘦瘦高高，而且都是一頭梳到腦後去的銀白頭髮。從家世看，他們一個是舊上海的外資代表後裔，一個是舊上海的在地富商後裔。一個從小在英美租界，一個從小在法租界長大，而他們後來走的人生道路也不約而同，一個去了海外，一個投身民族革命，最後都對中國的優秀和強大有所貢獻。兩人都「碰巧」成爲上海灘的名人。後者是我家的親戚，和母親一起去見他時，我一不小心點燃導火線：「聽說，當年上海法租界不如英美租界秩序管理得好，亂糟糟……」於是這位上海在地老紳士馬上跳起來說：「胡說，你聽誰講的？當年在市政設施方面，上海法租界做得要比又老又舊的英美租界好多了」。

他披著一件很得體的長睡袍。就像是我小時候看過的有身份地位的人居家穿的一樣，他們不穿花俏、充滿小市民味道的睡衣，也不穿正式的外套或者毛衣，而是穿一件做工良好、質地厚重的繫帶長睡袍。在溫暖的空調房間裡，我老是有種恍然走入周而復始的《上海的早晨》，或者茅盾的《子夜》電影裡那些上海場景的錯覺。他出生的房子就是前面那位老先生演唱「Za-Pi-Di-Do-Da」的地方，上海巨鹿路上那幢西式風格的老房子，最初屬於上海灘有名的火柴大王劉鴻生

的弟弟劉吉生。當年劉吉生把大房子分租出去，他們一家便是租了其中的若干間。他小的時候還有電影公司借房子拍電影。年幼的他，看到男主角神色匆忙地爬上他家的樓梯，然後導演說「卡」。

上海的時髦就這樣滲入了普通人家的日常生活印象裡。至於問起是哪一部電影？他朝我瞪了一眼，說那時他還是個小毛孩，哪裡記得住？

說起以前的上海野史和日常生活，八十多歲的他嘴裡會冒出英文來，自然而準確。因爲那時上海的中學課本裡，除了語文和地理，都是拿外國人寫的化學、物理和數學的原文書做教材。所以即使是中國老師，也全用英語講課。考卷自然也統統用英文回答。八十多年過去了，上海中學裡用英文出題的理科考卷，如今只有考ＧＲＥ時才碰得到。上海人英文好，是有原因的。

而作爲中國小孩，小時候家裡請老師教的是《論語》、《三字

經》，描紅本。練的是大字書法，一中一洋，合在一起，有點滑稽，但也自然地被上海人接受了。

當時他在私立中學念書，學校過去在新聞路上，現在則是上海靜安區的一所中學。那眞應驗了上海人一句俗語「螺螄殼裡做道場」。他說，當時教室都是不固定的，老師連辦公室都沒有，就在公共教室的一個角落裡批完作業，講完課，然後去另外一間教室。儘管沒有固定教室，但教務處都計算準確，從化學實驗室到物理實驗室，沒有一間教室會「衝堂」或安排不過來，這可以看出上海人當時就有「成本最低，效益最高」的效率意識。

後來學生運動爆發，爲了民族興亡和抗日救國，他決定投身革命。他是全校的第一個地下秘密共產黨黨員。他還記得當時學校裡的訓導長是一個痲臉。他高中二年級時就被學校開除了。那一年，中國抗戰取得勝利。

他的父親是大同煤礦的「襄理」。他問我，「你明白襄理是什麼麼？」我想現在一般人不會稱自己是「襄理」，叫「經理特助」才好聽。當時他會拿著父親給自己的零用錢和朋友們去電影院，從杜美路上（現今爲東湖路）放過前蘇聯電影《列寧在一九一八》的杜美電影院看，到放首輪電影、名氣頂響的上海「四大電影院」：大光明、國泰、美琪，還有Roxy（現在的上海大華影院）。當時的西餐廳不比現在的少，看完電影再吃點東西去。舊上海灘可以吃到法國菜和德國菜。他的朋友中有女朋友的則會去逛逛「四大公司」：永安、先施、大新和新新百貨，那四大公司賣的是進口貨。想想現在，如果再來排名選出上海的「四大公司」，反而難了，因爲實在太多，有中國人開的，也有外商投資開的。而且今年最好最奢華的商廈，也許到明年就退居二線了。

當時上海人的穿著就和他們的言語一樣夾雜著西文，就是「中西合璧」。下面穿西裝褲，皮鞋或者跑鞋，上面卻是長衫，就是那種長到腳面的斜襟長衫，馬褂不穿了，再圍上一條圍巾。最好戴一頂呢料的「禮帽」，當時的上海人去office，沒有一頂好帽子是不行的。當時的帽子美名曰「銅盆帽」，就是現在電視連續劇裡那些老上海會戴的，帽頂中間凹下去的那種。沒有帽子簡直就不能上班，所以那時上海也多了一個行當，叫做「抛頂功」。舊上海的電車上，是沒有玻璃窗的，你戴好禮帽規矩地坐在電車上，車子一開，小偷從車邊跳起來，一把就把你腦袋上的那個「傢伙」拿走，他偷走了做人的體面，害你去不成公司。

幾十年前有個奧地利的猶太畫家流落上海。當時的上海灘龍蛇雜處，他筆下的芸芸上海眾生，三教九流。眼前這位老先生的話讓我想起了猶太畫家的畫。不管痛苦也好、有趣也好，外國人也好、中國人也好，都是發生在上海的眞實時光。這段時光儘管已風乾，而且就這麼安然地像汽車輪子從馬路上滑了過去，但那些鮮活的記憶，卻永遠活在老上海人的心目中。

上海是他從小長大的家鄉，從舊上海到新上海，漫漫人生幾十年的變更都在他眼裡滑過。現代上海在他眼中唯一的缺點，就是高樓太多了。一份近年上海環境建設的藍皮書說，上海的環境生態問題愈來愈嚴重。由於上海城市建設缺乏完善的規劃，兩千多幢高層建築、無數的高架橋拔地而起，加上建築的間距太小，阻礙了風向的流動，使熱量難以散發，導致了「熱島效應」和「峽谷效應」。

現在房地產業在上海越來越興盛，房屋越造越多，似乎哪裡都可以開發，而且沒有經過社區規劃。「人家國外Downtown裡往往專門集中一片造高樓，而周圍Uptown住宅區裡，沒有一幢房子超過兩層。」他說。

他還突然說出一句英文：「sandwiched between something.」「形容『擠』，擠時間，擠空間，歐美人會搬出這個詞。因爲你想啊，一份結實的三明治，兩面夾緊，會有多少空隙留下來？」

他說，「高樓，把上海的風，都擋住了。」

Documentary 14

「學」做一個上海人？

他剛到上海時因爲不習慣坐電車和汽車，每次都會暈車嘔吐。

他出生在離上海挺遠的浙江小縣城。那裡人們只騎自行車，開拖拉機。他從來沒看過這麼大的汽車在城裡跑，但這對從小在上海長大的我，早已是司空見慣。

我記得他每次搭公車，他母親都要爲他準備塑膠袋。

高中時他在小縣城裡是學校的明星，是演講比賽的冠軍，是女孩追逐的白馬王子，是天之驕子。畢業團體照裡站在正中間的他，看起來是最受人注目，白襯衫上還繫了一條深絳紅的緞光領帶。但他那年高中畢業隨著回滬知青子女的批文來到上海，卻一下發覺自己什麼都不是了。

他英文不好。上海年輕人的圈子裡，如果英文不夠水準，那麼他們多半會在心裡輕視你。你會受壓抑，會覺得有點自卑。內地的孩子都有這樣的痛苦。他們平常生活裡能碰到的外國人太少了。而且當地學外語的狂熱氣氛也少得多，有的只是中國五千年傳統歷史裡慢慢流淌出來的那種安詳感，生活就像用一個少年的手去觸摸一個滄桑老人的心。

上海的年輕人就不同了。他們平日走在街上，時常會碰到外國人用英語向他們問路，在公園裡看到外國遊客拿著相機請他幫忙拍照，或者接到外國人錯打過來的電話。即使不是這樣，他們從小就置身在一個英語「崇拜」的環境裡，耳濡目染。二十世紀的八〇年代，中國剛對外開放，時常會爆出一個七歲小孩把「Follow Me」（當時上海流行的英國人製作的成人電視英語教材）全套統統學完，和老外能流利對話的新聞。現在這樣的新聞早就消失了。因爲現在從孩子出生到讀幼稚園，全部都有

外灘老燈塔的一扇窗

設計好的英語教材，而且一些熱門幼稚園還直接聘請了外國人來教中國三、四歲的孩子學外語。如果一個還在媽媽懷裡吃奶的孩子，已經能背出二十六個字母，而不是二十六個拼音，你完全不用驚奇。

再大一點的上海青年，就會有許許多多的私人英語補習班可去。記得有一年為了完成電視製作課的作業，去跑一宗外語學習新聞，有個朋友聯繫到徐家匯一個英語補習班的創辦人。那是一個語言狂人，他體胖腰圓，見人就說英語，也不管人家聽不聽得懂。而且不止英語，就連法語、日語、德語，他也出口成章，同時打「四國大戰」。他開的英語補習班除了附近的中學生、大學生，居然還有六十多歲的上海老夫婦，去重溫他們早年在上海租界教會學堂裡念過的英文。看著他，就像在面對一個「武林好漢」。只是他的功夫是外語，不是拳腳。

不言而喻，後來上海人考托福、念外語夜校的狂熱，也是無可匹敵的。二十世紀九〇年代，每個在初中讀書的孩子，如果課後沒有去「前進」、「新概念」補習，沒有補「托福」……那麼心裡就會自卑，就會焦慮，就會覺得自己被大家拋棄了。如今，又有「ＧＲＥ」、「中級口譯」、「高級口譯」等課程，……「新東方」外語學校又成了所有想學外語、想出國的人朝聖的「聖殿」，不去那裡沾染點「仙氣兒」，就彷彿心裡沒底似的，爭取簽證的時候就會有些「氣短」。

如果外語不好，想來上海闖蕩，那麼得有一點準備。

他一下就覺得自己的優勢好像發揮不出來。給外語搶走了風頭。另一面他也發現，上海的年輕人生活太講品味、渾身上下都似乎要和外國有點關係。他不知道喝咖啡時要把湯匙拿出來放到托盤裡，才能細啜慢飲；他也不知道房間裡有些地毯是專門放在洗澡間，有些是專門放在臥室裡，不能只圖舒服亂放一氣。這和他在小縣城裡和他的哥們踢足球玩得一身臭汗，回來用大搪瓷杯喝水，用衣服袖子擦汗，完全是兩個世界。

他覺得窒息。最後他想起了中國一句古話，「相由心生」。

他覺得他似乎可以理解上海人爲什麼會這樣生活，會有這種舉止。

然後他想到自己，應該做的是「揚長避短」。他的父母早年都是從上海到外地支援建設的上海人，他們即使在外地也難以忘記自己是上海人，自己出生於上海，與這個城市有著千絲萬縷的聯繫，所以他現在扛負著父母的願望和情感，無論如何應該在上海待下去。儘管他發現他自己原來在小城鎮裡所獲得的優寵和身價，投入到大上海這片海中，頃刻間就化成了泡沫。

於是畢業找工作時，他沒有選擇那些要考驗他「外語」能力的外商公司，他以他從小受中國傳統文化的薰陶，結合自己的專業，找到一家本地小有名氣的經濟報社。他的出色口才和寫作能力讓他認識了一幫和他一樣「外語不夠靈」的「武林同道」，彼此互相勉力幫助，一起適應與解決許多生存問題。現在他採訪從各個地方來到上海開公司辦企業的人，坐過公共汽車，也坐過地鐵，也坐過轎車，也坐過飛機，再也不會因爲不習慣而嘔吐暈車。他的專欄很受領導器重。很快他在畢業後短短一年多，就被晉升爲部門主管。

城市之大，讓人總能找到屬於自己的一個位置。只要清醒。人在適應這個城市的時候，也能一點點找回自己的價值，同時也在一步步適應自己的生活。然後慢慢過得越來越好，在上海找到自己恰當的歸宿和前景。

而現今在上海各個領域內，金融、醫學、文化、媒體等等各行各業，都有無數像這他一樣的外來年輕人，在爲上海這座他心裡的第二故鄉城市變得更時尚、更國際、更美麗而默默努力貢獻著。他們活躍在上海的各個領域裡，沒有他們的聰明才智，如果沒有他們近乎忘我的吃苦奉獻精神，上海的經濟領先，上海的時尚先鋒風氣，上海總體的繁榮和優秀……等等，也未必能成就得如此之燦爛。他們在做著默默小水滴的時候，也無聲的匯聚著整個上海今天與明天的滔滔時代洪流。

他現在的工作依然很辛苦。他寄住在爺爺奶奶家裡，每天下午去報社，一直待到凌晨三四點才回來，周末往往是窩在他那不足五平方的小房間裡蒙頭大睡。他的小房間總共只有三樣家具，一張木頭雙層床，上面一層放行李，下面一層睡覺；一張電腦桌，兼飯桌，兼書

多年前上海就興起一股英打學習熱，當時的口號是，外文打字也同樣要好。

桌；一個小衣櫥兼書櫥，兼雜物箱。但他已經準備明年在上海市區買房。

上海對你意味著什麼，我說。

他說，上海對他來講，就意味著一個夢中情人。一個人面對他最珍愛的東西或人時，往往會不知所措。他對上海有這樣一份隱秘的感覺，懷著他以及他父母輩們曾有的夢想和情感。

他毫不諱言，上海就是他最珍視的一件東西。

說到這裡，他的手機又響了。報社召他回去趕寫一篇新聞。他匆匆與我作別，又一次邁入這座巨大城市的夜霧之中。

上海今夜，不眠……。

Documentary 15

從魔法石到「世界公民」

他是上海無數外國青年人中的代表。

他的模樣，每個人見到都會說，長得像打網球的世界級運動員阿格西。認識他的時候，他一個人在打撞球。俱樂部裡，大家都在聊天，而他一個人安靜沈默地拿著球棍獨自在後台玩。因爲那時他還不會說三句中文。

現在他已經是大半個「上海通」了。不僅交了一個嬌小可愛的上海女朋友，講起「阿拉到城隍廟去」比講普通話還好。他時常被上海的電視台一個外國人在上海生活的節目「ＯＫ上海」裡面做嘉賓玩遊戲。

他相信他命裡會來上海。

他的外祖母是他們那裡有名的算命師，也就是「女巫」吧。她教他如何用石子算運。他們的民族性格裡似乎對神秘主義有偏好。於是他用他自己的那一袋神秘小石子做了「卜算」，那些「魔法石」告訴他未來。他於是知道自己將從法國來到遙遠的中國，而且要待的那個城市，不是北京，不是香港，也不是廣州，而是上海。

記得剛來時，他對上海一點概念都沒有。他以爲上海會是一個很中國、很典型的傳統城市。他爲此在出發前買了三十支牙膏。他用手指做成了「三」加「十」的姿勢，還瞪起了眼珠，他怕中國買不到他用慣的牙膏「高露潔」(Collegate)。而他一到上海就發現大小超市裡都擺著成堆的「高露潔」。上海身爲開放與國際化城市裡的小細節，也是全球化發展進程中的小細節。

他說上海是一座非常安全的城市。地鐵甚至可以試著二十四小時運作，他覺得地鐵關得太早，晚上回家來很不方便。國外地鐵雖然晚上九點以後不如上海安全，但是通常是兩點至三點才關。但總的來說，交通很方便。在上海想去哪裡，就可以去哪裡。坐地鐵，坐公車，或者坐計程車，甚至走路，「條條大路通羅馬」。

如果他的朋友來，他會帶他們去浦東，去金茂大廈這座中國最高建築看看。據說，隨上海日新月異的城市發展變化，金茂的記錄也會馬上被打破。

他也會帶他們爬到東方明珠上看一看上海。那是他心目中上海的「艾菲爾鐵塔」。他還會領他們去看城隍廟，那裡有中國傳統的東西。而且上海的電影院越來越好。他喜歡看上海的生活時尚頻道，但是他還是比較偏愛看香港或者台灣的電視節目。他覺得上海的電視節目還是有些太「認眞」。主持人似乎不敢對那些嘉賓開點善意的小玩笑，還是把他們當「名人」來看待。而港台的節目裡，「名人」就和普通百姓一樣，他覺得比較好玩。他也喜歡「Modern Stuff」，最新的科技日用產品。比如最新的手機，最新的數位相機，或者最新的筆記型電腦。他說，歐洲的電子產品有時速度反而比上海、廣州、香港、日本等地方來得晚，所以當他看到上海的電腦城有那麼多最新的未來電子產品，他便開始喜歡在上海「逛街」。他買電子產品的首選之地，有徐家匯美羅城的電腦廣場，還有淮海中路的賽博數碼廣場。

上海的男人和女人在他眼裡，和每一個國際化城市一樣，時髦，得體，精緻。

他說，上海有時會讓他產生錯覺，上海是一個太「Cosmopolite」的城市。「你不知道自己是在西方，還是在東方」。「Cosmopolite」有世界公民之意。在上海反而成了一個「世界公民」，這是他當初的那些小「魔法石」沒有告訴他的。

想知道他作爲一個外來者，發現上海有哪些「小毛病」。於是他開始拉拉雜雜對我說了幾條，主要是在交通方面和飲食服務方面的問題，看上去還挺實在的：

他說上海停車的地方還是太少。上海城是個「寸土寸金」之地，他曾經考慮如果在上海長久待下去，應該買一輛車。但是他又看到上海的停車位，比起其他國際城市來說似乎少得可憐，所以暫時作罷。

還有服務業的服務質量問題。他覺得有時在上海一些飯店裡的服務態度，會讓他訝異，難道他們的頭腦中沒有「顧客就是上帝」的概念嗎？如果顧客吃了一回下回不來了，他們生意不就沒得做了？提高服務水準，即使與提升一個城市的國際水準無關，至少也是一條「生意之道」啊。

他想對那些也準備來上海的外國人提一些個人建議，應當學會理解和尊重中國人的習慣。在他眼裡，上海人喜歡大聲講上海話，一直講啊講個不停，但對他而言，完全不是一個可鄙可藏的缺點。

「這就是上海呀！你得學會respect她。」他閃著狡黠的藍眼珠，半點調皮半點認眞地說道。

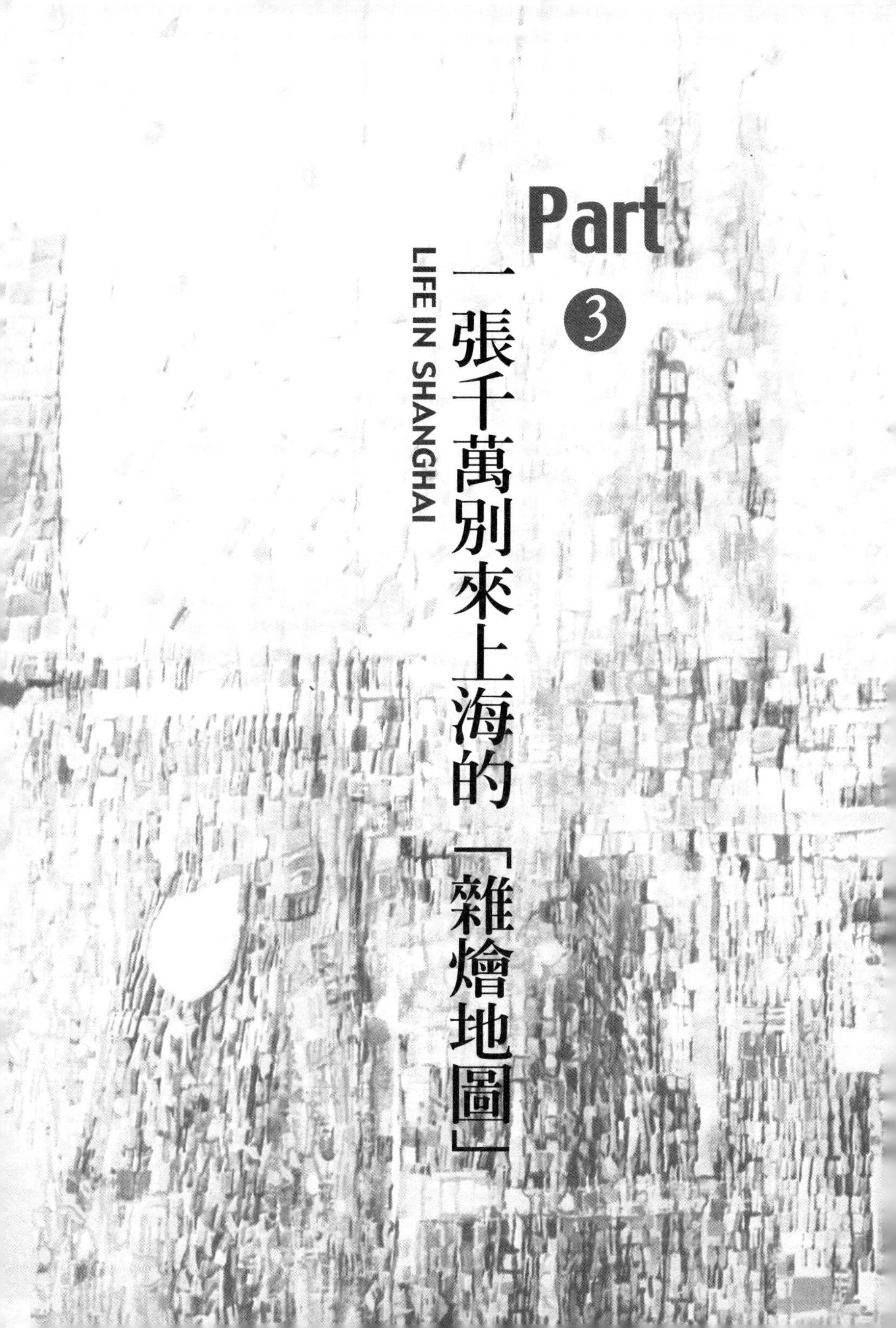

Part 3

一張千萬別來上海的「雜燴地圖」

LIFE IN SHANGHAI

Language｜千萬別來上海之一：

方言，不容逃避的障礙

遊園驚夢：上海話

曾在網上看到一本講上海方言的書。裡面二十來道滬語題目。自詡閉著眼睛也答得出來。結果打電話請教了檔案館老先生才得以求解。但還有一兩道拿它沒辦法。想想若拿這些題目去做一期「滬語」版「才富大考場」（一個知名熱門電視有獎徵答節目），一定能淘汰一大半「非上海人」選手，就譬如——我這等的。

試看：「單選題：在上海方言中，『爛糊三鮮湯』是指：A、講話雲山霧罩，信口開河 B、辦事馬虎，不負責任 C、對戀愛對象緊追不捨，死纏爛打 D、身體虛弱，精神委頓」你去考一考上海本地人吧，看他答得對不對。答案應該是B。

又比如：「舊上海的人們習慣將南京路稱作大馬路，將福州路稱作四馬路，那麼二馬路、三馬路分別為。A、北京路 B、滇池路、圓明園路 C、金陵路、延安東路 D、九江路、漢口路」。答案應該是D。

再來看看上海人的房子問題：「典型舊上海石庫門里弄住宅中，亭子間是。A、馬桶間 B、後客堂 C、灶披間 D、西廂房」。你去走訪一家正宗的石庫門人家，你會發覺亭子間原來是灶披間，也就是上海人家廚房的上頭。

下面來一道高難度的。「在上海方言中，以『老』起首的辭彙如：老菜皮、老克勒、老狄克、老油條、老舉三、老嘎嘎、老娘舅，其中『老』無涉年齡的辭彙個數？。A、4 B、5 C、6 D、8 E、7 F、以上答案都不對」。自己去琢磨一下吧。下面一道是「在上海方言中，『蚌殼精』一般是指。A、外表冷漠的人 B、容易哭泣的人 C、妖言惑眾的人 D、易感善變的人」。這個是上海小孩取笑對方時說的話，應該選擇B。

這一道題也與上海弄堂的孩子有點關係。「在上海方言中，『乒令乓琅起』一般是指。A、突如其來的災禍　B、一種狀聲詞　C、兵戎相見　D、一種兒童遊戲的伴語」。跳橡皮筋的小女孩們在遊戲前總要決定順序。顯然，這是經典的遊戲用語。

還有這一道，「在上海方言中，『裝野胡彈』的含義類似於。A、顧左右而言他　B、顧曲周郎　C、顧盼神飛　D、搔首弄姿」。這句話其實是「裝野狐狸」的意思，後來訛音成了「裝野胡彈」，意思是裝模作樣，顧左右而言他，騙騙人。看到這裡，是不是覺得上海話有那麼一點點「遊園驚夢」？

酥脆滬語A—Z

包括外國人，許多人說上海方言，既好聽，又難聽。好聽是它由江浙一帶過來，有吳儂軟語的影子，說得地道起來，是很有味道的；難聽是上海人常常有的，會把這樣的吳儂軟語拿來在街頭罵人、吵架，於是讓外來人在印象中覺得這個語言，是「吵架的語言」。

不過，上海話還得學，不是爲了成爲自己「心理依靠」的「強勢資本」，而是爲了當有一幫上海人嘰哩呱啦在對你大講上海話時，你心不跳、面不改色，至少能知道他們在對你說些什麼。

記得自己大學一年級時，第一堂影視中的漢語語言課。

美麗時尚的女講師對大家講：

「語言的認同，是民族認同的首要條件。」

也可以說，如果一個外來人想在上海被上海人認同，那麼他的上海話必須要講的和上海人差不多好。上海人「刁鑽」的耳朵能認同你的「口音」，你的身份自然也就被上海當作是「阿拉自家人」了。

語言本身不分優劣。人的語言心理會受到權威的影響。如果一個地區經濟、文化藝術是比較發達的，那麼人們自然會以講一口流利的此地方言爲榮。好比一些上海人以前不太看得起蘇北口音的人，因爲蘇北地方在當時上海人心目中是窮的。但上海人在明清時代講帶點蘇州口音的上海話，就好像現在時髦的小孩喜歡上海話裡帶港味、或者台灣腔調。因爲那時蘇州是做生意的好地方，好多富人是在那裡發財的。你和那裡的人講話口音接近，你就是屬於「檔次高」的人。宋元之際，因爲上海的首府在松江，於是「嘉興話」又成了當時的「時髦」滬語。風水輪流轉，現在你若講一口蘇州腔的上海話，倒還勉強尚可，若你說的是一口嘉興上海話，就別想別人把你當富人，他們心裡暗暗叫你「鄉下人」，你都不一定曉得。

現在，上海人把「辦公室」叫作「奧菲斯」（Office），把普通話的「幼兒園」叫作「幼稚園」，學台灣、香港的腔。人的心理強勢與弱勢，單單從語言就看得出。只是怕到後來人人「邯鄲學步」，自己連基本的路都不會走了，只能爬。

我想起一個特別的外地女孩。她大學宿舍時住在我的下鋪，她極其聰慧，聽得懂所有上海人講的上海話。她也待在上海工作，但她就是堅持不說上海話，也未曾想要學會，堅持用她那有方言口音的普通話跟任何上海人交流。她不怕上海人心裡嘀咕她一句「外地人」。她覺得說自己的語言非常自在，絕不影響交流，所以沒有必要讓自己的舌頭拜伏在上海話的「腳下」。她是那種很安靜而傳統的女孩，但她這股「特立獨行」的精神，卻有著許多上海人都比不上的現代感。

好吧，來簡單看看「上海閒話」裡，有些什麼玩意兒。

A一「阿拉」

上海人最愛說「阿拉」。「阿拉」就是「我」，就是「吾」。「阿拉」有著「管儂啥事體」（關你什麼事）的意味，倒有點像法國的法蘭西精神，個人權益是神聖不可侵犯的。私事和公事，上海人分得最清楚。可上海人好像也愛「軋鬧猛」，凡是這裡有什麼新鮮事物，大家都會群起圍之做之，那是建立在「阿拉做啥管儂啥事體」之上的「軋鬧猛」。

B一「幫幫忙」

這是一句很有用的詞。在你遇到麻煩、無可奈何之際，你就可以求援：「朋友啊，幫幫忙！」或者當你不相信什麼事情或消息的時候，你也可以用它表示嗤之以鼻：「幫幫忙哦，這種事體哪能會是眞呃?!勿要來弄聳我（矇我）！」

C—「差頭」

上海人蠻喜歡「差頭」。「差頭」就是計程車。大城市裡都少不了這種實用的交通工具，方便，一度也是有錢的象徵，現在不是了。人人都可以乘出租汽車。你可以在馬路上舉起手，喊「差頭」。

D—「嗲」

這個字眼讓你不由自主地，把「上海」的人稱代名詞由冷冰冰的「它」轉成千嬌百媚的「她」字。這個詞簡直包含了上海女子的所有妙處。撒嬌也好，耍蠻也好；人說，不「嗲」，就不是正宗上海女孩。

E—「額角頭」

人家說「額角頭」，你的額角是「高的」，就表示你運氣眞好；要是說你「額角頭太低」，就表示你倒楣了。

F－「放白鴿」

上海人做生意不喜歡「放白鴿」。「放白鴿」就是說話不算話，希望落空了，如鴿子般飛走了。

G－「戇」

指有點犯傻，相對於上海話裡的另一個詞「門檻精」，意指精明得要命。上海人做事做得不太漂亮時，就會自己輕輕罵上一句「這事體，蠻戇的。」

H－「橫豎橫」

有一部以上海下崗工人為題材的全滬語電影，就叫《橫豎橫》。上海話裡少不了這個詞。它象徵上海人個性裡僅存的一

點點魄力，讓生活的壓力給逼出來的，有點「破釜沈舟」、「不管三七二十一」的意思。

J—「結棍」

這是讚美詞。如果有人對你說「結棍」，那就是說你「厲害」。至於是什麼「結棍」，就要看情況了。有時候也會來個「反話正說」，天曉得。

K—「揩油」

據說江湖好漢稱錢財為「油水」，老大得了「油水」，老二、老三們向他分肥便說：「讓小兄弟也揩一點油。」有「佔小便宜」、「營私舞弊」的意思。

L—「落蘇」

北方來的人到上海買菜一定要知道。它是茄子的別稱，唐朝就有了。

M—「賣相」

上海人很注意自己的「賣相」，老闆們出貨品也很注意它們的「賣相」。模樣，外貌，就是「賣相」，是擺在台面上給人看的，是要上得了台面的。上海人把「賣相」作爲自己人格尊嚴的一部分。

N—「儂」

有人對你說「儂！」，就是在叫你。「儂」，就是你。而「倷」，就是你們。

P—「扒分」

「賺錢」的粗鄙別稱。「分」，暗指錢財。

Q—「槍勢」

這是洋涇濱上海話。洋涇濱，是以前十里洋場、租界時期和外國人打交道時混合出來的上海話。「槍勢」就是Chance（機會）。「混槍勢」，就是瞎混、瞎糊弄應付過去，糟蹋手裡的好機會。

R—「人來瘋」

人越多他就越興奮、越高興，甚至忘形。簡單地說，就是有點表現欲。

S—「十三點」

這是標準的上海罵人話，程度蠻輕微的。很地道。上海女孩有時發起「嗲」來，也會半嗔半嬌的翹起一根手指，點著你的腦門罵一句「十三點」。這時你就是一個最幸福的男人。

T—「淘漿糊」

和前面的「混槍勢」有點像。就是耍小聰明，卻不好好做事、瞎糊弄。爲上海人所不齒。

W—「勿搭界」

這是化解矛盾的話，很寬厚也很實用。如果你想表示你寬容大度，就說「勿搭界」，也就是「沒關係」。它另一個意思是「互不相干」。

X—「小開」

解放前很時髦很時尚的人。像是紈褲子弟，很有品味也很風雅。和「小資」的意思挺相近。

Y—「洋盤」

要是上海人用鼻音尖酸刻薄地罵你「洋盤！」那表示他對你的印象不太好，可能很久都難以翻身。上海人有點「崇洋」，希望別人也能和他那樣「領市面」，和國際接軌。如果你一副「外行」的樣子，吃西餐不知道怎麼拿刀叉，就會獲此稱號。

Z—「作」

「興起」的意思。上海人說的「作」，特指沒事找事，愛無事生非的性格。但在上海女孩中，「作」往往有點兒愛撒嬌之意，在上海男人眼裡甚至是種可人之處。

Food｜千萬別來上海之二：

飯店，絕對多得吃不過來。

上海溫度：本土小吃食

記得以前外地親戚來上海，喜歡買上海的奶油蛋糕吃，說是比外地的都好吃，只要吃一口上海紅寶石麵包房的鮮奶蛋糕，就是用舌頭品味了一遍「眞正的上海」。

以前的上海人在吃上，可用「螺螄殼裡做道場」這個詞來形容。物盡其用就是上海人的「上海精神」。一隻雞，他們會把雞肉拆下做白切雞，然後雞骨加些花生米、豆腐乾做雞骨醬，而雞內臟可以炒來吃。一雞三吃雞味不斷。現在，你可以去上海人愛去的「振鼎雞」店感受一雞幾吃的妙味。

I、蟹殼黃

小時候一直以爲這種小點心是拿了螃蟹殼做的，否則何以叫「蟹殼黃」？後來在大人的糾正下，發現這原來只是麵粉做的小餅。用油酥加酵麵作坯捏成扁圓形，上面粘著一層芝麻，貼在烘爐壁上烘熟。餡有蔥油、鮮肉、白糖、豆沙等。餅色與形狀酷似煮熟的蟹殼，故名。

它吃起來口感酥、鬆、香。早期舊上海的所有茶樓、老虎灶（記得二十世紀八〇年代初，靜安寺廟邊還有）的店面裡面都有立式烘缸和平底煎盤爐，邊做邊賣兩件小點心，香酥的「蟹殼黃」就是其中之一。

II、小籠包

小籠包在包的時候放入肉皮凍，一籠約有八到十個，不粘皮、又清香，端上桌，咬開皮，可以吃到裡面的湯。它的特點是皮薄餡多，蝦肉、豬肉、蟹肉，不論是哪一種餡，都口感極好。

小籠包就像上海人，有著「上海精神」，精緻，優良，細細小小，屬於私人貼心貼肉的關懷。水靈而小巧的食物能夠安慰上海高度緊張的生活神經。

III、百葉包、油麵筋

到上海的老式飯館裡若看到「雙檔」或者「單檔」的菜名，千萬不必驚奇。這就是上海另外兩個特色：百葉包和油麵筋。

百葉包是用豆精皮（有時也稱爲「千張」）塗上豬肉餡再包起來，有若干層。油麵筋是用精麵粉發酵後做成一個個小圓團，用油鍋炸成金黃色，有時裡面會塞點餡，比如豬肉或菜肉等。

也可以把百葉包和油麵筋放進大骨頭湯碗後，再加入精鹽、味精、蔥花等作料，吃起來十分清淡爽口。「雙檔」是兩只百葉包和兩只油麵筋，成雙入對。「單檔」則是一對「小夫妻」倆，一只百葉包外加一只油麵筋。

IV、排骨年糕

就是排骨加年糕。排骨香酥鮮嫩，年糕香糯適口，還有金黃柔軟的汁。上海人的「鮮得來」可以用在吃這個點心上，只要小心別「鮮得眉毛掉下來」就是。

V、生煎饅頭

記得唸大學時，外地同學和上海同學對食堂的「包子」和「饅頭」有過一番「激烈爭論」。外地同學說上海人「笨」，簡直就是「包」「饅」不分。上海人說菜包子叫做「菜饅頭」，肉包子叫做「肉饅頭」，無餡的蒸饅頭叫做「白饅頭」，歷來如此。上海人沒有「包子」這種稱呼，如果你聽到有人對糕點師傅說「給我拿個包子」，那他多半不是上海人，要不就是已被「改良」過的「上海人」。

「生煎饅頭」在外地朋友的眼中，就是一只生煎包子。它裡面放餡，外型比小籠包更「陽剛」一點。以發酵後精白麵粉作皮，常用熟雞

脯肉丁、豬夾心肉末和肉皮凍加香油等做餡。包好的饅頭尖上還要蘸上蔥花或芝麻，表層刷上素油，放入油鍋中煎熟。饅身白色，形態飽滿，口感軟而鬆。上海吳江路上有家「小楊生煎」，可以把生煎饅頭做到一種極致。

VI、陽春麵

有人搞不懂上海人怎麼把這種麵條也算作美食。麵本身不稱奇，但吃的人多了，也自然成了名麵。

它又稱光麵。以前上海民間稱陰曆十月爲小陽春，上海市井隱語以「十」爲陽春。而這種麵條每碗售錢十文，故稱陽春麵。另有開洋蔥油拌麵，又稱蝦米（上海人稱開洋）蔥油拌麵也是陽春麵的延伸產品。麵條韌糯滑爽，蝦米軟而鮮美，蔥油濃香四溢，是很受上海老百姓喜愛的傳統簡樸吃食。簡樸歸簡樸，但做得精細，自然能「螺螄殼裡做道場」。

Ⅶ、糕餅包糰

一些外國人來上海，對麥當勞和肯德基不屑一顧，卻對傳統江南糕餅包糰青睞有加，藍眼珠美眉大口嚼著蘇州的糯米條糕，彷彿吃到了家鄉美食。

在上海可以買到的「糕」，有印糕、海棠糕、松子糕、赤豆糕、黃松糕、方糕、條頭糕、年糕、糖年糕、壽桃糕、松糕、粢飯糕、定勝糕、雞蛋糕……；「餅」有大餅、羌餅、蔥油餅、香脆餅、麵餅、芝麻餅、油酥餅……；「包」有小籠饅頭、生煎饅頭、肉饅頭、素菜饅頭、高椿饅頭、花卷……；「糰」有湯糰、雙釀糰、金糰、青糰……。

去上海老城隍廟，還有鴨肫乾、雞鴨血湯、油豆腐線粉湯、咖喱牛肉湯、南翔小籠、寧波湯糰、嘉興肉粽、糟田螺、酒釀圓子、五香茶葉蛋、豆腐花、綠豆糕……可以讓你的嘴巴塞得滿滿的。

你一瞬間就可以體會到上海那種貼心貼肺的「溫度」。

口舌主義：上海飯館、食街

這個「口舌主義」題目，針對喜歡吃、講究吃的人。

上海飯館，「交關」（太）多了。

不必著急，不必心慌。給自己一個目標吧。照那些雜誌報紙開出來的美食佳處，每個星期至少去一家，保證三年內都不會重複。哪裡適合與戀人吃飯，哪裡適合同事眾人聚會，哪裡適合朋友們暢吃，哪裡又適合談生意，你心裡有譜。

得提醒的是，在上海吃飯不只要有舌頭，還要有慧眼——有些店在外面看看挺不錯，真坐在裡面吃飯，好像不如在外面看看來得好……

下面掛一漏萬，權且拋「磚」引「玉」：

I、衡山路一帶

包括東平路、岳陽路、烏魯木齊路、桃江路一帶。這裡是公認的上海領館區，因此這裡的飯館情調也多呈現兩極分化：一方面是典型的簡約東方中國風格，比如烏魯木齊南路的三千院、東平路的藏瓏坊、岳陽路的穹六人間，那兒的創意中國菜，包括用紙包著的豆腐火鍋，甚至它的洗手間，都値得體驗。而另一方面是十足的歐美西洋風情，比如衡山路上的星期五餐廳、汾陽路上的寶萊納德國餐廳，你會忘記自己是在東方。

II、新天地一帶

這塊上海近年新開發地區，是上海的「面子」之一，也是上海「表演」的「舞台」之一。這裡聚集了許多港台以及海外投資開設的飯館餐廳。因爲太多了，舉例會有厚此薄彼之嫌。在這裡吃飯，塡飽肚子的基礎生理需求已不再重要，如何提昇物質品味和享受優質生活，好像比舌頭味覺更重要。

III、恒基休閒廣場一帶

上海的西式餐館

這個地方就在徐家匯港匯廣場，從地鐵徐家匯站上來只需幾分鐘路程。沾了徐家匯繁華商圈的光，數十家各種風味的館子分佈在幾幢曲折的兩層建築中。裡面最吃香的是一家新疆菜館，甚至還有賣駱駝肉。吃慣清淡細巧的白肉的人，可以嚐嚐它的新鮮感和粗獷感。晚上七點以後前往爲避免向隅，請提早訂位。

IV、吳江路一帶

它是市政府改建馬路的良好成功範例。吳江路就在大商廈梅龍鎮伊勢丹附近的南京西路邊上。路不寬，但裡面的小店卻多得不知從何選起。各地的風味都有，不求味道如何過人奢侈，但求溫馨小酌，實惠而清爽。兩三朋友走走逛逛，渴了、餓了，就找個館子坐下。那裡還有一家烤羊肉，夜宵時車子排著隊、人排著隊等買了吃。不知道這算不算「軋鬧猛」，總之它蠻有點「上海精神」。

V、長樂路、富民路、新樂路、襄陽路一帶

因爲在淮海路附近，所以也有許多小而有特色的館子，異國風情的，老上海的

都有。據一位法國朋友說，有家館子的三文魚和大閘蟹是不能不吃的，它的賣點在它店門面奇小，而店內廳堂奇大，像進入了一個別有洞天的「桃花源」。但可能它生意實在太好了，去過幾次卻越吃越不出色，服務也有點問題。可是這一切還是無法阻止每天有那麼多人擠在店前，神色焦急地等候排隊。

VI、仙霞路一帶

藉著虹橋地區和古北新區這幾年的成熟，仙霞路的夜市人氣十足。幾乎每家小食鋪都有特色。湘菜、川菜、貴州菜或者本幫菜館子也有，火鍋城、燒烤、西餐、速食和專門的粥店也有。比如台灣人開的「朱記餡餅粥」，創始人據說是一個山東籍台灣老兵，牛肉餡餅，米粉作皮，湯汁內藏，非常好吃。抓餅、燻肉大餅、韭菜盒子和涼拌小菜也非常地道。

VII、陸家嘴一帶

這裡有點類似恒基休閒廣場，但規模更大。全上海只有三家中東土耳其餐館，這裡就有一家。浦東現在是上海發展中的「黃金」地帶。周圍高級寫字樓不少，觀光客也多。浦東的飯館也是南北都有。但據說服務品質還是有待提昇。食客要去，必須看看餐館人氣是否旺盛，生意清淡的還是小心點爲上。

Ⅷ、雲南南路一帶

上海著名美食一條街之一。以中餐爲主，前面所介紹的上海經典小吃都在這都有。像是小紹興雞粥店、鮮得來排骨年糕、小金陵鹽水鴨店、長安餃子樓等。供應串烤、餛飩、蓮心湯、春卷、小籠包、白斬雞、雞粥、雞鴨血湯、鹽水鴨、排骨年糕、百味餃子、生煎饅頭及雙檔等各種上海人流口水的家常風味小吃，還有燒餅、油條、粢飯、豆漿、素菜及鮮肉大包、麻球、糖糕、湯麵等大眾化點心。地段在延安東路、淮海東路之間，近大世界。

Ⅸ、黃河路一帶

這條路總長七百五十五米，建於一八八七年，初稱「東台路」，一九〇四年改稱「派克路」的街道，一九四三年十月稱爲黃河路。地段在南蘇州路、南京西路之間，近國際飯店。附近許多公司的老闆都愛在這裡請客吃飯。

不少店家裝潢得財大氣粗、金碧輝煌，會把曾來此處吃飯的演藝界明星、主持人、社會名流等合影照片一張張掛好，作爲招徠。午夜時分這裡還是非常熱鬧，餘香嫋嫋，纏留在都市夜晚的酣夢之中。

X、乍浦路一帶

虹口區了。位於虹口區最南部。十九世紀四十年代末，美國占虹口爲居留地後，先建該路南段，後逐級向北延伸至武進路，全長九百米。

以前的乍浦路曾是上海餐飲娛樂最集中的街區之一。從一九八四年第一家飯店開張，到現在雲集了八十多家各地風味的餐館、飯店。另外還集中了舞廳、旅館、桑拿、水產、鮮花、食品、水果等行業發展，是條綜合性的餐飲文化娛樂街。電視也曾做過專題報導。

近幾年隨著餐飲業競爭激烈，飯店數量逐年減少，特別是單開間的小飯店紛紛歇業，改做服裝、小百貨等生意，黃河路成爲美食街之後，乍浦路漸漸失去了它本來的優勢。

許多上海年輕人喜歡去廣州、香港風味的茶餐廳。因爲廣州美食最討好上海人的口味。在上海經營的香港人、廣州人也不少，上海有一些不錯的茶餐廳，比如避風塘，還有各種「記」，張記、朱記等等的茶餐廳都是。

Drink｜千萬別來上海之三：

飲品，別光顧看忘了喝

上海咖啡店

上海喝咖啡的人數跟喝茶的人一樣多。任何事成爲生活習慣之後，也稱不上什麼情調主義和時髦做派了。因爲對於那些愛好者人和已經習慣的人，這些喝杯咖啡，煮泡咖啡的事情再自然也不過了。所以與其說這是一種風尚，倒不如說是習慣。看看下面的幾家咖啡館吧：

Ⅰ、美儂（銅仁路九十四號）

這是各大生活資訊報紙首推的咖啡店。店主是老上海時期的小開。家境殷實，懂得生活。這間店門面小，名氣卻大。懂得咖啡的人知道，咖啡的好壞差異只有十五秒。老闆只用玻璃的蒸餾壺煮咖啡，而不用簡單方便的咖啡機。

這裡的咖啡是一件作品。

II、Always Cafe（南京西路一五二八號，常德路口）

這家店很早就有了。它中午供應的套餐味道很好，一個咖啡館能做到這樣確實很難得。附近高級商務中心或者居住在靜安寺的老外也特意跑來這裡吃中飯，下午和晚上來喝咖啡，午夜則是小酒吧的味道。它的「ALWAYS SPECIAL COFFE」很受顧客青睞，而且環境也不錯，天氣好時坐在外面的平台露天座看風景，你自己也成了一道風景。

因爲「意」，不在咖啡。

III、玫瑰咖啡廳（茂名南路五十八號，花園飯店內）

這家也是友人爭相推薦的咖啡館。花園飯店是日本人開的，玫瑰咖啡廳也全由日本人設計。巴洛克風格。牆壁上、屏風上，無處不在的花，日本式的地毯、義大利定做的桌椅、中國式的花盤。吊燈是在奧地利定做的中世紀古堡式的。這裡的咖啡是日式的炭燒咖啡。用炭烘焙出來的咖啡豆，融入了炭的木質清香，剛柔並濟。

IV、金茂凱悅咖啡廳（浦東世紀大道八十八號，金茂凱悅大酒店五十四樓）

去這裡喝咖啡，意義就更不在咖啡本身。你的咖啡裡有外灘黃浦江的美景，有金茂建築的華麗天庭，有上乘的冰淇淋甜點。報紙媒體都說，帶外地的朋友看上海美景，這裡最爲合適。

V、真鍋（華亭路八十五號，分店之一）

大家都說，眞鍋咖啡館能喝到上海最精緻的咖啡。

到底是日本的咖啡連鎖店，風格細緻到位，一絲不苟，文雅美好。

一進入眞鍋咖啡館，侍者即送上一杯檸檬冰水，讓你先清淨舌頭，味覺

華亭路

清爽後，再開始品嚐一杯好咖啡。最喜歡裡面各式各樣精緻的咖啡杯。所有盛裝杯具均採用英國WEDGWOOD原裝進口的骨瓷杯，因爲古瓷杯有隔熱性，可以減緩咖啡溫度降低的速度。對於咖啡老手而言，他們舌頭品嚐的最佳溫度在六十二度。

VI、星巴克Starbucks

如果眞鍋是上海本地白領中產階級最常去的咖啡館，那麼星巴克就是海外人最常去的咖啡店。這裡經常看到各色外國人種，這似乎也體現著一種移民城市精神。上海最好的星巴克應該是鄰近人民公園的那家分店（地鐵一號線人民廣場站），旁邊就是美術館，視覺享受之後，再去喝一杯噴香起沫的Latte。它的頂樓有露天座，你可以看南京路風景，看美術館老房子，再看人民公園，下午的光線也讓你自由自在……興致好的，可拿了咖啡到人民公園去坐坐。

Travel｜千萬別來上海之四：

交通，公交車、地鐵還是「差頭」

上海交通方式

交通，就是你把自己的身體安放到某個「盒子」或「機械」上，以暫時「犧牲」行動上的自由來換取身體上的位置挪動。在大城市裡有時爲了趕時間，必須把自己裝進「交通盒子」裡，比如公交車、地鐵，讓它把你帶到你的目的地。

曾經教過一個日本班級學漢語，介紹上海交通時，我告訴他們，上海的高架路（內環高架、南北高架和延安高架），俯瞰就是一個大大的「申」字形，而「申」就是「上海」。日本學生個個驚歎，上海的馬路居然都設計得這麼有形象啊。

在上海市區利用交通工具，首先可以買張綠色的「一卡通」，像是台北市的

「悠遊卡」。但有些上海的公交車還沒有全部裝上「一卡通」刷卡機，特別是空調車。有時還是得準備零錢買票。不過這樣的情況，應該會很快解決掉。

坐計程車

這是最直接、方便的交通手段之一。上海話叫「差頭」，或者叫「打D」。如果上海人說「叫一部差頭」，那麼就是在說「叫一輛計程車」。上海計程車比較有名的是大眾、強生、錦江等，口碑較好，如果司機繞路，你可以投訴。另外像安吉汽車租賃公司等，則是眞正的「出租」汽車，你可以租車自己開。

坐地鐵

上海地鐵目前有兩條線。地鐵一號線，從上海火車站到莘莊。如果你要去南京路步行街（靠西一段：人民廣場站，靠東一段：河南路站等）、淮海中路（靠西一段：陝西南路站，靠東一段：黃陂路站）、衡山路（靠西一段：衡山路站，靠東一段：常熟路站）、徐家匯（徐家匯站）、上海體育館、漕寶路等，都可以乘坐。乾淨，省時。就是有點擠。上海的交通，就是擠，沒辦法，人太多了……所以，「千萬別來上海」。

地鐵二號線，目前是從浦西的中山公園到浦東的龍東路，是穿越上海東西的過江（黃浦江）地鐵。將來它要西起虹橋機場，穿越黃浦江，至浦東龍東路。如果要去靜安寺（靜安寺站）、南京西路（石門一路站）等地，就可以乘坐二號線。

兩條地鐵線交叉的那一個中轉換乘站，是人民廣場站，不必換買車票，只需走一段路，到另一號地鐵的人民廣場站換乘就可以了。

明珠線

是上海的另一條高架有軌交通，類似地鐵。從上海西南的漕河涇至東北的江灣鎮。明珠線與已形成「十字」形的地鐵一號線、二

晨霧中的外白渡橋

號線有兩處聯絡通道：一處在地鐵一號線上海火車站站，一處在二號線中山公園站。兩個聯絡通道與一、二號線人民廣場的「換乘通道」完全不同。比如，明珠線的上海火車站，位於上海站北廣場；而地鐵一號線上海火車站則在南廣場，南北廣場之間的聯絡通道約爲六百米。需要換乘的乘客必須先出站再進站，重新買票後再換乘。

坐公共汽車

據最早的老上海說，一九〇八年三月五日有了第一輛有軌電車。沿著鐵軌「叮噹」招搖過市，由英商、法商經營，如果你有興趣，可以跑到上海城市規劃館底下的上海老街模型裡去看。靜安公園的門前，也有一輛老式的有軌電車停著。當然不能開。只有小孩，好奇地爬上去，看看玩玩。

坐公共汽車，特別是空調車，是很舒服的。雖然時間不少，但是慢慢看一路風景，還有各種膚色的人，他們的樣子，衣服，商店，名牌專賣店櫥窗，梧桐樹……

感覺一個貼心貼眼的上海。另外，空調車一律二元車票。有些還裝了移動電視，播放東視新聞、上視娛樂新聞……可以讓無聊的客人看電視，打發時間。

自行車

我覺得自行車比摩托車環保許多。無論是噪音還是燃料。特別是在逛西區那些別緻的小馬路時，絕對是自行車、走路這樣的方式來得自由。許多年輕人，外國的，中國的，都騎自行車靈活地在城市大街小巷，魚一樣的轉悠。上海的街道不允許自行車騎上人行道，被警察抓到一定罰款五元，沒得商量。這恰好與許多國外城市相反，那裡的自行車規定只能騎在人行道上。

如何過黃浦江

在沒有南浦、楊浦大橋時，這可是個大問題。現在經由隧道過江只需五六分鐘。如果你想懷舊，也可以坐坐以前上海人去浦東上班時搭乘的輪渡機船。

Building｜千萬別來上海之五：

建築，容易讓人抒發太多的感性情懷

洋式老房子

總覺得一部老房子的歷史，應該分成兩部分來寫。

一段是時間。另一段是人心。

打開上海老式洋房地圖，宛如打開老上海女子的首飾盒，雖然有些歲月了，但依然琳琅滿目，每一樣小東西都是一段故事。

比方上海淮海中路靠西一段，那裡小路上的老房子都值得書寫。它們曾是上海法租界。洋房的式樣各是各樣，法式、西班牙、英國等都有。午後與午夜呈現出的模樣都不同。那是人心的一種感覺，有著歷史與時間的味道。

比方虹口區，那兒也有日本現代式的洋房，那些細節，雕花，都不平凡。

比方愚園路以及延伸到長寧區的那一段。曾經也是小孩對童話故事裡那些漂亮房子幻想的寄託。

還有許許多多馬路上的房子。武康路、泰安路、康平路、永福路、汾陽路、東平路、太原路、思南路……張愛玲、白先勇、劉海粟、李鴻章、宋慶齡許多名人，都曾住過上海。光聽那些路的名字都會覺得「康泰平安」。心裡安實了，就不會有空洞的浮躁和慌張，唯恐手裡的東西，失去了些什麼。

爲什麼它們可愛？爲什麼我們要紀念老房子？

我喜歡問爲什麼，不想看過了就看過了。它們是對現代工業統一標準房子的反諷。因爲它們以自己的細節特色和優雅沈穩，無聲地對抗著工業複製時代的光鮮、呆板的入侵。它們是獨特的，它們是有人性的，它們會和自己對話，哪怕只匆匆路

復興中路　張路亞攝

過看了它們一眼。它們有自己的個性與美。特別在這樣一個後工業成片樓房複製的年代。所以珍稀。所以我們要紀念它們。

物以稀爲貴。

好的老房子是通人性的，我相信。它們高高的天花板讓人覺得舒暢，而又不會過分高大而顯得奢侈空曠。它們總是恰到好處。它們幾十年都不會變形的優質深色細紋地板，看得出建造工匠貨眞價實的功夫。他們知道這房子是要住人，而且是要住好幾代人的。

母親也跟我說，過去的人是活得比較緩慢而細緻的，他們有心思去打磨一塊木頭，仔細地雕琢一塊石頭。他們甚至勞動時，心靈也能夠跟自然、跟材料溝通、對話。現在呢，一切都快、快、快。

於是一個清靜的午後，你應該在自己有著高高天花板的老房子裡，點一炷張愛玲時代的浮香，讓它飄到院子裡的那棵老白玉蘭樹的葉子裡。上海城市的市花就是這種植物。然後你會看到陽光把老房子的陰影投射到院子裡的一角。

它們不會言說過去。你所能做的，只有靜觀它們。
這個時代，保持獨一無二的特色越來越難。
這些陳舊的房子，它們大概亦是如此的命運。

CF上海篇：優雅高尚區域十二個

想像是在做一則電視CF廣告片，主題是跟上海有關的，我一定會在做創意時，分爲幾個風格不同的篇章。假設我要拍一組電視廣告，肯定會選擇「抒情篇」來創意。因爲它們在成就上海最美的同時，也是Melancolique（法文：淡淡的感傷而不悲傷）的……

那是上海冬季上空揮之不去的陰霾；
那是老梧桐樹下，藉馬路街頭的昏燈留下的陰影。

外灘區域

主要路段：中山東一路，四川中路，廣東路，延安東路，世紀大道等等

那最打動你的景色，應該是你從延安高架路坐車下來，經過外灘那個下坡的轉彎口。

你會看到左面老上海外灘所有的西洋高大建築，右面那寬闊的江面，還有對面全新的、高大的現代摩登建築。江水滔滔。車流湍急。還有近你咫尺那個高大的法國燈塔。那刻你會愛上這個城市。這也許是種無法用邏輯證實的情感。是一種非常奇異的喜愛。絕對值得你去體驗。請你有空的時候，挑一個平常日子去看一看它。

新天地區域

主要路段：太倉路，馬當路，黃陂南路，重慶南路，淮海中路，復興中路等等

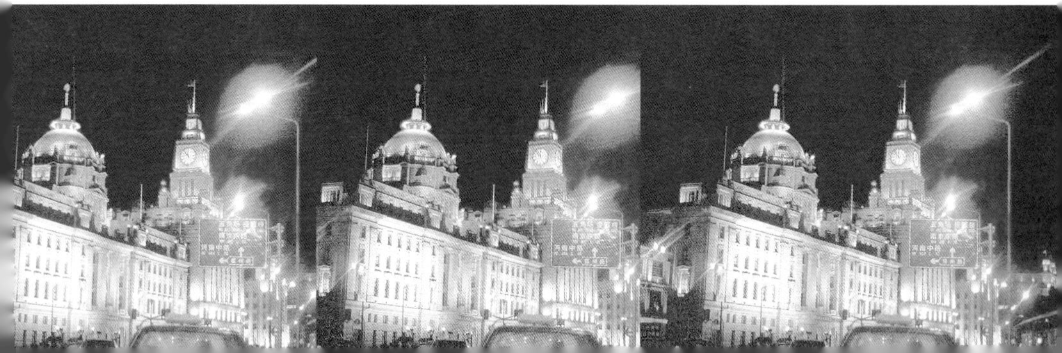

我會知道這塊地方的特異之處，是被一幫熱情的法國人「哄」去見識的。他們喜歡一個叫「Luna」的餐館兼咖啡館。那裡有他們覺得很法國巴黎的露天咖啡座。他們點了餐前的一杯「Kir」酒喝。酒的顏色和身邊巴黎女孩的金栗色頭髮一樣純醇。他們也找來這家店的老闆，老闆能講一口流利法語，於是他們像遇見故知一樣打開話匣。法語語速總是很快，聽多了，懂得了，當自己也莫名其妙冒出那麼快的法語時，語速也就不是一個存在問題了。只記得那個庭院裡的角落還有一隻上海老式大水缸。我想那應該是某戶人家早上起來「清除昨夜垃圾」的地方了。

現在，是一群人紙醉金迷，點撥優雅的地方。

復興公園區域

主要路段：皋蘭路，香山路，瑞金二路，思南路，建國西路，南昌路等等

公園裡有個香格納畫廊。一位父親的老朋友曾在那裡開個人畫展，父親和母親

打扮得整整齊齊出門參觀去了。他們回來說，那裡除了他倆，以及那個老朋友，其他人穿的都不像他們這樣子，還有許多講外語喝著酒的外國人。

父親和母親站在那裡看了一會就出來了。互相挽著手，在安靜的思南路，慢慢地散步回來。父親穿著淺灰毛料西裝，母親脖子溫和地繫著一條深色的絲巾。兩邊是梧桐樹，暈黃的燈光打在樹葉上，樹影帶出一點點暈黃的霧靄。小馬路很安靜，他們的神情和三十年前走在皋蘭路上時候一樣安然。時尚和「表演」與他們無關。他們是這個城市的眞正的中堅。他們安安實實地過日子，彼此依靠，不屑出賣勞動之外的東西，他們努力工作，盡自己的本份。

誰會記起，他們是那些埋在媒體無數閃光燈後面的眞正「上海人」？

淮海路區域

主要路段：淮海路，烏魯木齊路，常熟路，華亭路，襄陽南路，陝西南路等等一個上海女孩的前半生，是淹沒在那些馬路的名字裡。她是讓人陶醉的——上海，這個陰性美更多的城市。她代表奢華，代表低調的高尚，代表時尚的現代。建築、店鋪、商廈、街頭路人，甚至一塊門牌。她代表她的所有種種。

你可以背著相機，選個陽光透徹的日子。午後，或者下過雨。但最好陽光通透的，或者乾脆是晚上。一個人或只要幾個人。進入她的每一條細小脈絡，每一片高尚商務樓區，每一家時尚購物點，她們在你的瞳孔裡會有生命……面對一個熟悉過頭的「美人」時，她更適合你自己一個人閒閒地走，一路走，一路看，累了就找個咖啡館坐下來。

這一帶有宋慶齡故居（淮海中路），有以前幫會頭領杜月笙的舊宅（東湖路上接近淮海中路，現爲老東湖賓館），還有汾陽路上白崇禧、白先勇的舊居。而襄陽路淮海中路口的襄陽公園，以前是法國兒童公園。

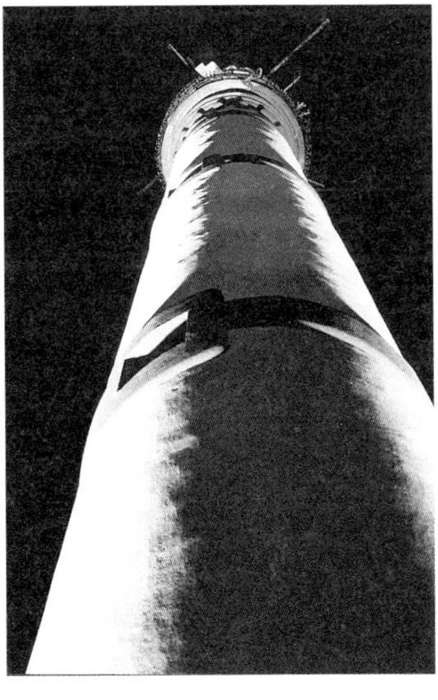
外攤燈塔

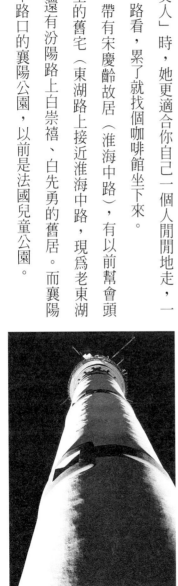

所有上海老一輩和現在的時髦懷舊上海青年一代都知道，上海最優雅的大馬路——「淮海路」，以前叫做「霞飛路」。「霞飛」是一個法國人名字。

衡山路區域

主要路段：衡山路，東平路，桃江路，汾陽路，永嘉路，岳陽路等等

這裡的酒吧、咖啡館很多。這裡的馬路都是短短小小的，有著沈穩的西洋式老房子。這裡也是上海的使館區。許多國家的領事館都在附近。許多弄堂都值得你走進去，說不定就發現了像Le G rccon（一個東方人開的法式咖啡館，裡面兼售東方瓷具）這樣家常的歐洲感覺。

它的懷舊讓人心不浮躁、不喧嘩，它們眞正被時間和實力磨礪過，這不是一塊普通的地方，她的背後是有著眞正的高貴。雖然她表層面子上，是更多人尋求的那種歐陸情調，和工作之後的休閒與娛樂的所在。

華山路區域

主要路段：華山路，烏魯木齊中路，安福路，五原路，武康路，永福路，興國路等等

小時候經常在安福路、華山路看到很好的話劇。童年的一點點藝術薰陶，也許就是由這般的舞台、演員表演、漂亮服裝、奇異燈光、煙霧……這片安靜得不會被人輕易記住的西區地帶開始的。其實戲劇是最吃真功夫的藝術形式，如此高雅的一種藝術和這塊區域的氣質相吻合。

這塊地方眞正是鬧中取靜。生活的、日常的味道也很自然。母親說，你看看那些路的名字，「福」，「安」，「康」……就知道，這塊地方是多貼心的。

以前讀中學放學回家，從學校騎自行車在武康路，或者和一個朋友，晚上看完電影走回家，走過一個個老房子，都幾乎看不到人影和窗子的光亮。連西班牙式的小陽台都在沈默著。一切都

華山路的民居

是寂靜的，似乎有種不眞實感。

它的優雅和老式房子似乎屬於那些看不見的眞正「高貴」者。他們不一定是最有錢的，卻可能是最知道欣賞藝術、最懂得生活中什麼是眞正好東西的人。

這裡還有丁香花園，以前是李鴻章的產業。不少精明的台灣人也在華山路一帶投資房產。這裡是徐匯、靜安、長寧三個高檔住宅區的交匯處，最容易被人忽略，但卻是價値永恒的地方。

新華路區域

主要路段：新華路，番禺路，定西路等等

這裡的小路晚上很美，很安靜。舊上海的法租界也差不多就到此爲終界。

現在它擁有上海最大的電影院：上海影城。周圍也有許多小而文雅的酒吧。

看完電影，可以去馬可波羅的咖啡廳坐坐。那裡有一直沒變的落地窄長玻璃門。還有老上海美女的照片。上海的變化多了，卻還有處地方一直能保持原來的樣子，居然也覺得蠻好。來一杯細心的咖啡，看著看著，就不知不覺，想到了自己的外婆。

也許每個上海小孩子心裡都有一個曾在老上海三四十年代文文靜靜、優雅年輕過的外婆吧，那些單色的照片，或者是描彩的照片，還講述著她們那個時代用的雪花膏、看的好萊塢電影裡的時髦……每個人都會感歎現在上海已經沒有這樣的女子了……眞的是這樣麼？

它適合清靜的人來這幽幽地玩味。

南京路區域

主要路段：南京西路，靜安寺，同仁路，泰興路，北京西路，陝西北路等等

這塊區域中有著無數的可圈可點之處。

靜安寺裡百樂門。記得八十年代這個小尖頂的建築還叫做紅都電影院，似乎那

麼點「文革」的味道。現在隨著物質發達也重新把「百樂門」（Paramount）的招牌弄了起來。可是畢竟晚了。它顯得那麼老而不被人注意了。雖然在馬路的十字路口，卻不那麼顯眼了。因爲上海現在豪華大廈、廣場實在太多了。這個一九三二年風光過的綜合娛樂場，那麼好聽吉祥的「百樂門」已很少被人提到。「Paramount」的原意是「至高、最大」。

視角轉。靜安寺廟倒是越造越「豪華」，香火昌盛。也許做生意的人多了，求取股市平安、財源滾滾。小時候，記得這家寺廟很低調，馬路倒是熱鬧的。因爲對面有靜安公園，以及最早崛起於這片地區的商務建築「上海商城」。後來這一帶的商務大樓愈來愈多，像是嘉里中心，恒隆，中信泰富，梅龍鎮伊勢丹。伊勢丹後面是美琪戲院，再過去一點，還有上海媒體雲集的廣電大廈和上海電視台。過高架之後就是人民公園和上海美術館，自然而然過渡到了中華第一步行街的南京東路。比如市百一店，新世界商廈，福州路文化街……一直到外灘。

這塊地區以前是英國在上海公共租界商務圈的延伸；翻過歷史，今天它已成爲上海乃至中國華東地區的商務重鎮。許多白領、金領都集中與此。他們的驕傲在此，他們人生奮鬥的起跳板也在此。

徐家匯區域

主要路段：徐家匯，肇嘉濱路，宛平南路，斜土路，建國路等等

一個城市不能只有一兩個商業貿易集中點。於是徐家匯商業區成了城市規劃中又一個新崛起的閃亮商業點。它的良好人氣讓它始終成爲上海最熱鬧和繁華的商區之一。徐家匯得名出自徐光啓，中國的明朝宰相、科學家，也是一個天主教徒。死後就安葬在這裡，藉喻「徐家」世代「匯」聚之處。據說宋氏三姐妹的母親倪桂珍就是徐光啓的後代。

從太平洋百貨、第六百貨、匯金百貨、港滙廣場、弘基休閒美食廣場、美羅城、東方商廈……一圈下來，站在徐家匯的天橋上，你可以見證上海建設與發展之後新興的繁華。

它的人文氣息集中在巨大的哥德風天主教堂。你望見了那教堂上，聖像打開雙臂，俯瞰天下……

虹口區域

主要路段：多倫路，四川路，寶山路，甜愛路等等

那裡有一條老街：多倫路。慢慢逛看可以發覺許多精緻有趣的舊貨。那裡以前住過日本僑民，所以有些房間的格局仍保留了拉門，節省空間。

記得外國人組織的一次電影觀摩會，就選在老上海電影咖啡館二樓。酒吧本身無可稱奇，但所有人興致高昂，搬椅子的搬椅子，挪桌子的挪桌子，還有些就地坐在樓梯上。看關於上海的電影。那天播的是關於「蘇州河」的愛情故事。

蘇州河是上海的標誌。電影裡的演員卻說著一口有鼻音的北方普通話，那倒是蘇州河邊的上海人不曾有過的。

這裡還有一個小茶坊，在一幢老式小樓裡。我在夏日的午後進門喝茶。侍者閑

閑，客人很少。看著從格子窗裡一直漫射進來到老地板上的陽光。傍晚陽光全撒進房間，空氣裡有透明的氣息，我頓覺奢侈。而所坐面對的那個木窗外，小小的日式陽台上一個老媽媽正在給她的老頭子閒閒的擺搖手裡的團扇。一株老枇杷樹垂下枝條，他們身邊的小木凳上，有一盤散亂的枇杷果子。

古北區域

主要路段：古北路，仙霞路，虹橋路，水城南路，延安西路等等

這裡有許多日本、韓國來的外國人，也有許多都市年輕新貴在這裡租房，買房。還有很好的展覽館，適合開藝術博覽、商貿展覽等。也有家樂福這樣的大超市可以買東西。家樂福樓下的小鋪裡可以挑得許多手工燒製陶器、茶杯，色彩像極了抽象畫。這裡也有很像樣的花市，比起陝西南路上的花市，感覺更齊整。裡面有老上海小家具賣，比如一隻印花玻璃老電燈罩等，還有仿古的中式家具和鏡框裝飾，至於價錢麼，因爲老闆是要做附近的日本太太、韓國太太們生意的，所以可想而

知。選個周末來這慢慢的看一天，挑一天，肯定會有收穫。

浦東區域

主要路段：東昌路，中央大道，浦東南路，張揚路，東方路等等

上海最新的一塊地方。

你可以一下進入眞正的二十一世紀。

高大的建築，全新的格局。明亮多了，連空氣都寬敞了好多。和浦西的老式、纏綿的風花雪月截然不同。適合開車兜風。

你會霎時領會作爲現代人，奮鬥對於你的人生意義。

Fun｜千萬別來上海之六：

娛樂，讓你心甘情願「赴湯蹈火」

上海【夜未央】

夜上海，夜上海。
你是個不夜城。
華燈起，車聲響，歌舞昇平。
只見她，笑臉迎。
誰知她內心辛苦苦悶。
夜生活，都為了，衣食住行。
酒不醉人人自醉。

胡天胡地，蹉跎了青春。
曉色朦朧，倦眼惺忪。
大家歸去，心靈隨著轉動的車輪。
換一換，新天地。
別有一個新環境。
回味著，夜生活。
如夢初醒。

——選自《夜上海》

提及上海，就會想起夜上海。

上海本身就是——不夜城。

在上海，像淮海路上，甚至規定商店的櫥窗都不許關燈，通宵開著。這怎不能讓人留戀著魅力而誘惑的「上海不夜城」？如果你是年輕人，每天都很早睡覺，從不過夜生活，肯定會讓人懷疑你是否是「清教徒」或是別的什麼。

上海的夜，想來是周璇的《夜上海》。一個上海三十年代的紅歌星，和這樣一首曲，這樣一座城，很容易讓人想到諸如「紙醉金迷」、「歌舞昇平」等辭彙。然而，竟也發覺這首歌歌詞寫得很有「教育意義」。這個歌詞寫了很多世態炎涼。並非儘是紙醉金迷，大把鈔票，歡歌豔舞，靡靡之音——像人們習慣中想像的那樣。是想像，非眞實。

現時上海。人們夜生活——都在「赴湯蹈火」。

「火」指酒吧。熱，光，Heat，High之類的符號，都拿過來形容酒吧。現在許多酒吧本身就有跳舞的地方。既可以喝咖啡，還可以動動身體。

比如茂名路上的布達吧，不知道它名字是否出自巴黎著名仿東方氣氛的高級夜生活餐飲場所「Buddha Bar」(布達吧)。地下室有打撞球、聊天的地方，二樓跳舞，喝酒。有許多的外國人及

百樂門的夜晚

中國人。高峰時間酒吧裡面人多得都身體貼身體。大多神情放鬆自適。有時陌生人在這個「盒子」裡可以好得和兄弟姐妹一樣。絕對的熱身，火辣辣的音樂。

輪迴（Ying Yang）是二層樓的酒吧。在南昌路上。特別喜歡它高高靠窗位置。看梧桐，看夜裡的上海，很有意思。記得以前那裡掛著一幅畫，半抽象。名字就叫做「橫豎橫」。一句典型的上海話。很多人把「橫豎橫」作爲一種上海特有的精神。溫度、熱量之高，令人瘋狂。

棉花俱樂部（Cotton Club）有上海最好的現場爵士樂表演，就在淮海中路復興路口。店面其實不大，但裡面客人會爆滿。熱浪一陣高過一陣。棉花裡的一個年輕小號手，據說是港台某位明星的兒子，她年輕時就是從上海靜安寺一帶的家裡走向海外。

桃江路上有正宗蘇格蘭風味的酒吧，有樂人彈唱民謠。我倒對那門廊裡躺著的兩隻酒吧主人養的貓難以忘懷。不知道牠們現在是否還在那裡。汾陽路上有正宗德國風格的寶萊納酒吧，大杯黑啤，還有德國鄉土味道的醺腸。上下樓層打通，氣氛熱鬧。皋蘭路復興公園還有官邸。據說，那裡可以看到全上海最多最帥的帥哥。

「據說……據說……」小道消息總是酒吧裡傳過來流過去。其實誰也不會特別在意是否真實。關鍵自己能否在那裡感到快樂才是真的。跳舞的地方有瑪雅俱樂部（Maya），淮海中路常熟路地鐵站下來。羅傑娛樂宮（Rojam），據稱是目前上海最大的舞池。在香港廣場四樓。經常會有國外ＤＪ在這裡助陣。裡面氣氛很好。小間裡的舞曲更有音樂感。大廳裡氣氛自然最狂熱。

喜歡唱歌的要去錢櫃。烏魯木齊路的靜安店在滬上最好也最早開的分店。它旁邊就是上海兩家最專業的沖印店。錢櫃是滬上知名的中高檔的ＫＴＶ之一。店堂裝潢華麗，設施先進齊全，歌曲曲目翻新速度快，混音設備不錯，每天有促銷優惠，你必須提早訂位，否則就會唱不到。

「湯」指浴池。現在的上海浴場更像一個娛樂中心，什麼都有。洗完後統一結賬。許多人會去大沐浴場，比如番禺路上就有一家。乾蒸、溫蒸和各種按摩水波池、藥草池……完後，可以去休息，睡上一整夜。所以一些暫時「無家可歸」的人還把這當做睡覺過夜的暫棲之地。夜上海的休閒娛樂都一應俱全，釣鰻魚，看電影，打牌，打麻將，打撞球，玩沙弧球，足療，美容，看休閒汽車服裝雜誌，泡雪茄吧……都有。只是覺得男女都穿著「洗後睡衣」走來走去，有點怪怪的。這裡總像電視連續劇裡常會有的場景，夜總會，娛樂場所，浴場，脖子上戴金鏈條的男人，抽煙，講著上海話，擱起一隻腳，談生意，另一隻腳由坐在小凳子上的塑腳師傳在精心修理。屋子裡放著一架電視機，裡面播著電視劇。就是上海市民。女人也和男人一起打牌，叫著服務員拿一碗麵條或者一盤水果。

「火」是小資的上海夜生活。「湯」是市民的上海夜生活。所以叫「赴湯蹈火」，在周璇的「夜上海」裡，過足各自的癮頭。

「年華無忌」之滬民俗風情

曾經看過一本學林出版社的《百年春節》，裡面有一百年來上海春節的城市生活紀實。春節，是中國的傳統節日，也是民俗風情集中呈現的大聚匯。今天拿來看，簡直有點玩笑話的意味。上海已經發生了許多變化。有人心的，也有物質的。現今，上海人過春節會有「三大件」。

第一件事，放爆竹。

無論政府怎麼禁，都是不能完全令行禁止，一到大年三十晚上，特別在十二點整，你還是照樣蒞臨「硝煙戰場」。那時整個上海像被火藥星子「炸」開了一樣。爆竹震耳欲聾，炸個不停。上海小孩子的一年年增歲就是在「炮火硝煙」中拉開序幕。膽小者是千萬不能出門的。

這不難體味「軋鬧猛」的城市性格。上海人說「過年嘛，當然就是圖個熱鬧了。否則冷冷清清，不像是個好好過中國年的樣子，那樣的年『沒過頭』。」大年初一的清晨，環衛師傅們，看那滿地都是紅色的紙屑會『頭大』的。到了年初五——你看吧，炮火更濃——迎財神！上海如此龐大一個重商之地，豈能忽視這個財經守護神？中國傳統文化這時絕對出足風頭。許多大小店家、商號老闆們都不惜工本。賺錢發財，天經地義，人心所向。

第二件事，撞龍華晚鐘。

每年除夕夜，龍華古寺都會撞「龍華晚鐘」。人們歡聚龍華古寺，撞一〇八響「龍華晚鐘」，聽鐘，燒頭香，品嚐越年麵，觀看各種儀式，祝福祈安。只要你不怕人山人海，儘可以去看看。現在靜安寺、玉佛寺，也有過春節燒頭香的活動，人們的願望，總是那麼多，那就求菩薩保佑吧。這時候寺廟的錢袋也總是鼓鼓的了。

第三大事，城隍廟廟會。

這是一道傳統專案。在草根味道最濃的南市土地上，每年春節都應該去一去。除了敞開肚皮，大吃一通美味的上海本幫小吃外，還能吃到各種風味的火鍋，熱氣騰騰。另外，有非常出色的老藝人在城隍廟的廟會上，紮出很精緻的小糖人，價格也出奇的便宜。喜歡淘舊貨的，可以在城隍廟裡找到許多小店。裡面有的賣印度、西藏等地的香燭，比市中心便宜，買回來點燃在家裡，春節添香啊！走累了，要去

玉佛寺外，大年初一早上等待燒頭香的隊伍

上海老茶館坐，有直接從老放音機裡灌錄下來的老上海當時流行的爵士和歌曲。如果願意，可以買一張他們自製的CD回家聽，那上面有滋滋的老式放音機的粗糙聲。最有意思的是，它還是一個微型上海民間歷史博物館。收羅了許多租界時期上海生活的各種玩意兒。一隻精美無比的粉餅盒子，一張法文的上海馬路地圖，一隻外國牌子的香煙殼、一張看得令人發癡的黑白人像照片……隨便拿起一樣道具來，似乎都能揮發出一個「人約黃昏」的風月故事。哈哈，只要你不酸得起雞皮疙瘩。

上海人過節

上海有過眾多節日，上海人多，一過節，主要的馬路上全是人，他們不一定來買東西，只喜歡看到大家一起出來走走玩玩的樣子，就覺得心裡也跟著會一起歡喜起來。現在年輕人，也喜歡「軋鬧猛」，逛馬路約了同事同學朋友，在特別晴朗好陽光的大上海馬路上，你擠我我擠你，笑笑鬧鬧走過，觀者如堵，是上海所特有的景觀。只有西方的狂歡節時分，似乎才可匹敵。

照農曆計時，歡樂的節慶從正月初一開始，直到元宵之夜滿布街巷、港灣和農家門口的各式彩燈齊放，把節日的喜氛推向高潮。當晚最具有上海地方特色的活動是「走三橋」之俗。舊有「行過三座橋，一年病災消」的說法。元宵過後，跟著又有正月二十日「棉花生日」、三月二十三「天妃生日」、三月二十八「城隍夫人誕辰」等等，習俗上要大開燈市，酬神演戲。不過現在倒是很少見了，只能從曬太陽的老人那裡，還能聽到一些掌故。

五月初五端午又是一個大節。俗話「鼓角聲中煥彩遊，浦江午日鬧龍舟，紅兒綠女沿灘看，看台多登丹鳳樓」，如今龍舟是不會在黃浦江上出現的，但是這天會有不少上海人買了菖蒲一把把的回來，還在早上吃個青糰、粽子之類。六月初六天貺節，以前舊上海在城隍廟東園會有曬袍會。把以前家裡祖宗的上好官服袍子拿出來，曬曬太陽。如今早已成為一個過去。七月三十日則是「地藏王誕」，先祖來自蘇州地區的上海人，對此節尤其重視。遍插棒香、紅燭在地上，煞是好看。

照老上海的傳統，九月初九重陽，吃糕，插茱萸，演戲登鳳樓。十月初一是下元節，俗謂「十月朝」，「底事江城裡巷囂，迎神不憚路迢迢」，再朝後，十一月的冬至有「冬至大如年」。到了十二月裡，吃「臘八」，送灶王，又忙起吃年夜飯迎年初一的事了。

據社會學者說，頻繁的節日大多是農業社會的產物，依照文化人類學和社會學家的觀點，它們本當隨著現代都市化程度的提高而逐漸失去影響的。可是我們看到的卻是另一回事。儘管我們的學習工作是那麼緊張，但忙碌過節的勁頭依舊不減當年。除了春節、元宵、清明、端午、中秋、重陽，這些與農業社會相聯繫的大節仍被保留著。像是國慶，遇此每年上海總要實行交通管制——因為人實在太多了！愛「軋鬧猛」啊！

許多外來的人看不懂，上海市中心的燈火竟然能使數十萬上百萬的市民扶老攜幼徒步而來，人如

新天地二〇〇二年春節

潮湧的場面，歎爲觀止……最好的欣賞「燈火」與「人海」相交融的地點，推薦一個，是南京東路市百一店的天橋。那裡，什麼叫十里洋場，什麼叫霓虹燈海，什麼叫人頭濟濟，那一刻，你統統都會有終身難忘的最感性認識。

那一刻，你所看到的，也就是那些大大小小旅遊雜誌提到上海時必會選用的一張照片——南京路的人海與燈火。

而這就是上海。

眞的。

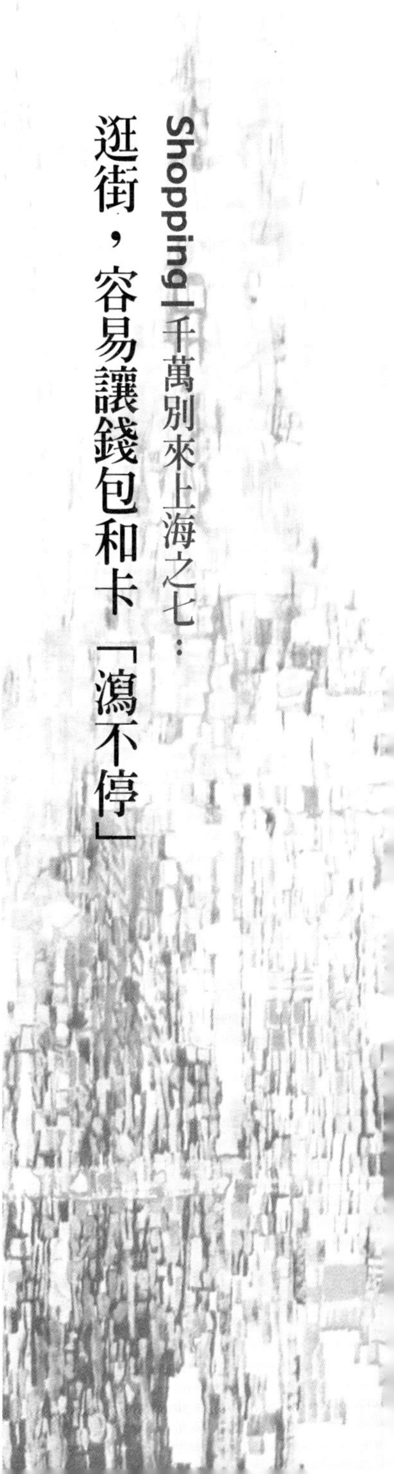

Shopping｜千萬別來上海之七：逛街，容易讓錢包和卡「瀉不停」

便利店、超市和大百貨公司

「迷你媽媽店」：上海的便利店

以前上海沒有這個概念。有的是星火日夜商店……那興許是現在便利店的前身。現在，星火日夜商店早已消失。取而代之，是消除了白天黑夜概念的二十四小時都會以熱氣騰騰的現時態生活迎候的便利店。它使得上海更像兩個時態同時呈現的城市——白天出沒的一群和夜晚生活的一群。

現在的便利店，有日本的羅森、聯華便利、可的、好德、良友等。羅森，在一

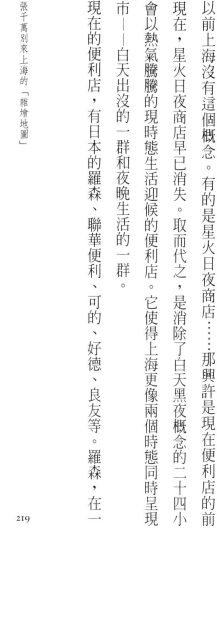

九九六年進入。它給上海人以全新的方便生活理念。據說便利店的商圈範圍通常不超過主要住宅區五百米，主要客戶應在五至七分鐘就能步行到達店面，如此依上海的幅員與人口，便利商店的發展潛力還非常的大。

上海大型超市

上海的購物中心（量販店），有法國的家樂福（Carrefour）、德國的麥德龍（Metro）、樂購（Hymart）、好美家（HomeMart）、泰國的易初蓮花購物中心（Lotus）、農工商超市、易買得等規模都很大，開在郊區地價便宜的地段，可以節省龐大成本，也可以更貼近普通的居民。

以家樂福來說，目前有六家，分別在普陀武甯、長寧古北（古北新區）、虹口曲陽（靠近同濟大學）、閔行、寶山、浦東金橋等處。每個分店，面積都在一萬平方公尺左右。提供現場包裝新鮮食品、散裝新鮮的蔬果、鮮花盆栽、生活日用品、家具、家電等；並且提供足夠的免費停車位。

而德國的麥德隆，是專業客戶的超級大倉庫。產品的種類非常齊全，新鮮而且有保證，據說業績一直很好。徐家匯的新路達華聯吉買盛，也是一個超大規模的購物超市，那裡底樓的食品，幾乎從主食、副食到配料、佐料、配菜、冷菜等等，天下南北都有。定位檔次是家常。易初蓮花，商品種類很齊全，號稱是上海目前最大的、經營種類較爲齊全的綜合超市。

中層規模的超市，有頂頂鮮Tops超市、聯華超市……還有屈臣氏（Watsons）。其他以出售香港一帶的日常生活用品的便利店，也很受年輕人，尤其是時髦女孩的喜愛。

「購物狂」終極： 百貨公司

假如你想在上海體驗購物的樂趣，那麼下面的路程你可以試試。

先決條件：腳力、錢包。

南京路，向來著名的「中華第一街」。步行。上海本地人說，外地人逛南京東路，上海自己人逛淮海中路。總之外來遊客比較多，外國人，外地人……有人說假日尖峰時段有近百萬人在街頭走動。主要商廈有上海第一百貨及其東樓、上海華聯商廈、港陸廣場、置地廣場、上海新世界、友誼商店等百貨公司。而靠近西端的南京路，則有恒隆廣場、中信泰富廣場、梅龍鎮廣場。它們對於熱愛逛街和購物的人來說，既是「天堂」，也是錢包和信用卡「拉肚子」的地方。就連在這裡偶爾發生的愛情，也沾上了崇拜物欲的氣息。

淮海路，以前就是法租界地，舊稱「霞飛路」，是洋氣、時尚、高尚商品相對集中的地區。由東向西，附帶周圍，目前有連卡佛大上海時代廣場、華亭伊勢丹百貨、香港廣場、瑞安廣場、太平洋百貨公司、中環廣場、錦江迪生、巴黎春天商廈、美美百貨等。

就以錦江迪生來說，它地處淮海路北邊，長樂路、茂名路路口，側重男裝，美美百貨則地處淮海中路、常熟路路口，以女裝見長，聚集了三十多家國際品牌。

百盛購物中心，則是人們經常去的商廈之一。一般老百姓沒有胃口消受美美百貨、錦江迪生的那些衣服。這裡比較實惠，讓人容易接受。有人說，可以把百盛比作小家碧玉，在裡面買衣服，一定是有品牌的，而又不是高得不可接近，是十分貼心的。

徐家匯，西南商業的核心。百貨公司非常集中，被定位為上海副都市中心。以太平洋百貨、東方商廈為開拓部隊，美羅城、港匯廣場、上海第六百貨、匯金百貨等陸續林立。常識來看，喜歡逛太平洋百貨的多數是年輕女孩，男性買家看太平洋百貨似乎蠻「頭大」，更鍾情東方商廈、美羅城電腦科技產品城等。

四川北路，在上海本地人心裡算「平民一條街」，價格實惠。同樣的東西據說四川北路的價格可能會便宜一些。那裡有上海春天百貨、環亞商場、上海第七百貨等公司。

至於，隔江浦東陸家嘴。自從第一八百伴百貨開始，規模浩大，就一直在創紀錄，絕對是明日之星。

所以在上海，她不停地鼓勵你花錢，花錢，再多花錢。有一位最要好女友，我問她平時最喜歡買什麼東西，她的回答是，我已經不知道我要買什麼了，因爲我什麼東西都喜歡買，只要口袋裡還有工資。

女人與購物，在上海這座城市，恨也是她，愛也是她。相剋相生。簡直天生裡做就的一對孽緣。

特色街和市場

上海就是「商」海。

逛完前面的大百貨公司，如果你腳力、荷包還有剩餘指數，統統用在下面吧：

服飾

襄陽路服飾市場。這種買衣的快感，「淘」和「討」的樂趣，和去昂貴的大商廈，讓服務員幫你刷卡的感覺，是一樣刺激神經的。因爲女孩就喜歡一群人慢慢看逛淘衣服，充滿刺激快感的討價還價。你不討價還價，那簡直就是浪費。以襄陽路服飾市場爲中心，周邊的小時裝店、服飾店，是這裡上海年輕人時尚中人的購物樂土。這裡的服裝、鞋帽、背包、香水、眼鏡、飾物等款式前衛，不乏世界名牌。而產地卻實際大多來自周邊地區或者廣東。

迪美地下街。在人民廣場地下。無數小格子劃分的小店，兜得可以讓你完全迷失方向。這裡的服裝，大多數比較眩目誇張。雖然獨特，但許多似乎只能在派對舞會裡穿，而且做工不夠精緻，年齡普遍適合十七八九歲，只能講究個青春的誇張和眩目。

伊美廣場在靜安寺廣場地下。也劃分成許多間，可以買到一些年輕人日常休閒服飾，價格也比較合理。

民俗古玩

上海曾被稱作是中國最大的古玩市場。其次才是北京，接著是天津和香港。現時福佑路，有很多古董攤販或店的集中地，外國人常去，也是假貨比較多的地方，一定得討價還價。另外，廣電大廈石門一路對面也有古玩小店和市場，能買到一些古色古香的舊家具燈具等。提起中式家具和古玩工藝品，還有華山路一家叫「藝海堂」的，有許多明式家具和古玩，種類繁多，最喜歡裡面那把明式的座椅，創意別致，價格中高。

另外，上海還有許多「中國—西方現代」式時尚家具。以Simple Life爲典例，那裡的裝飾品，從東南亞過來，有一種既算得中國，又讓人覺得西方的風格。品相好。主要外國人買。想看看這樣風格的家具飾品，在東平路上，有好幾家。比如藏瓏坊，不僅是精緻吃東西的地方，樓下有賣很漂亮的碗、盤、蠟燭等。在五原路、常熟路口有一家。復興中路、烏魯木齊路口有一家。淮海中路的巴犀燒烤店這條街上有幾家。再過去，到淮海中路武康大樓附近，還有一家賣木質老西洋家具的。陝西路精文花市的旁邊，也有一家很小的店，從圍巾到燈飾都有賣，但要留意討價還價。

鮮花家飾

上海人每一年要買六億枝鮮花。你相信嗎？

陝西南路二二五號的精文花市，上海最有名的買花的地方。它的後門在茂名路酒吧街上。上下兩層，大廳內佈滿了大大小小的攤位和各種各樣的花卉，慢慢兜一圈，找準好的花攤，能買到又別緻又不貴的花卉。

上海小姐的「後閨房」

上海小姐的「後閨房」，是上海那些芝麻大小的衣服飾品小玩意店。

上海城市的女性氣質，從這裡誕生。

對於一個女孩來說，一條上海馬路只要有一家這樣的小店，日子就會變得溫暖人心。比如以淮海中路爲主的馬路上，周圍衡山路、常熟路、茂名路、陝西

老上海月份牌美女

路、襄陽路、瑞金路、石門路、甚至是華山路、富民路等等，都有許多小店，值得「浪費」生命。

因此想想淮海路上能看到那麼多美女，也不奇怪了。美女都來這裡逛街淘貨。這中間是一種樂趣。只有你有腳勁，有耐力，加上荷包殷實，那麼就趕緊行動。完全不必顧及天氣、心情、時段。統統沒有必要。魅力風格小店它們的吸引力本身就是一切。

女孩從這些店裡，淘出讓其他女友都眼紅的衣飾，做回一次自己，驅趕一些平淡，打發一些空洞無聊，進而充分體會做一個女孩完完全全的驕傲和尊嚴。

換個角度說，如果上海沒有這些衣服啊、包啊、鞋啊之類的風格小店，那麼上海也絕對絕對不是一個「人」居住的城市。更嚴重的是，這個城市的美女，估計就會逃掉整整一大半。

上海的「風情萬種」一大半由這些風格小店塑造。它們是另

老上海月份牌美女

一重意義上這個城市的「眼睛」。它們是這個城市女孩的「後閨房」。

它們塑造出來的，是一個眞正地道的「上海小姐」。

假若沒有它們——那「上海」幾乎都可以沒有必要再稱作「上海」了。

上海美女旗袍店

一個香港人，把一部電影拍得充滿上海的奢華氣息。

那部電影名字叫《花樣年華》。故事本身已經淡去，只有裡面清瘦的張曼玉頭挽燙髮的雲鬢，身穿那一套套換過來的旗袍，各色的花紋，清一色高領，細窄貼身，伴著那位上海房東太太的一口老式標緻的上海閒話，出沒在大卷大卷的電影膠片裡。

好像，上海給人的印象，就應該是那一身豔麗女子燙髮下的清瘦旗袍。

也有許多台灣人、香港人，來了上海，就四處打聽，哪裡有做正宗旗袍的。旗袍是最能體現女性美感和東方獨特魅力的服裝之一。而上海這個城市，講究生活，玩味精緻，加上素有的江南水靈氣，和大都市裡的國際派頭，也只有她這樣的城市，才有可能把旗袍的精神氣質給一直完好地延展下去。

上海，她愛慕這個。

上海的女子旗袍製作店，有四個地段：

長樂路這段。它毗鄰花園、錦江、新錦江酒店等五星級酒店，這裡出了多家中式服飾的店鋪，如男式對襟、女式蠟染紮染，以及中國傳統用品。價位偏於高檔，用料和做工更精緻，更講究。甚至還有手繪的旗袍。據說那裡一家旗袍店裡有位褚姓師傅，他已經做了近七十個年頭的旗袍。旗袍老式才正宗，好比那中醫中藥，似乎是要上點年紀才讓人覺得安心。

茂名路這段。這條街上的旗袍店有改良和新潮的做法，藝術、創意更多些。有些適合有東方情結、又受了西式教育的現代年輕女孩的口味。價位從中檔到高檔都有款式可挑選。還有歐洲人很喜歡的藍印花布店，在這段馬路附近也有好幾家。

華山路這段。它藉的也是賓館優勢。比如靜安賓館、上海賓館、希爾頓和許多外租高級公寓。有時經過，竟能撞見一些名人在這裡看旗袍。

另外，衡山路上，也有小店，有別緻而優雅的中式服裝出售，價位中檔，接受訂做。還有靠近淮海中路的雁蕩路、瑞金路附近，都有中式服裝店賣精緻的中式衣服，款式和上面幾家沒什麼差別。

現在許多大購物中心裡，會有專門櫃檯出售漂亮旗袍。比如港匯廣場富安百貨有一層樓，聚集了許多旗袍品牌。甚至香港的著名服裝設計師張天愛的中式服裝也有專賣。西式牛仔上配有中式的亮片圖案，妖嬈，獨特。

Sightseeing｜千萬別來上海之八：

觀景，當心撞電線桿

上海美人地圖

在很多人頭腦中，上海是公認的美女城市。上海女孩即使相貌平平，對於服飾的細節和精緻化妝的講究，對於時髦和風尚的小心追捧，也絕對是全中國可以拿來做典範、做Model的。

爲什麼不做上海的美男地圖？上海的美男不是沒有，只是上海的美女過於出色，即使他們在，也只是被身邊美女的光芒所掩藏起來的一群虛像……其實，也不難找，只要有美女出沒的地方，美男也少不了。地鐵站、淮海東路、南京西路、各商務中心高級寫字樓廣場地帶。上海的男孩，乾淨，講究品味，並且懂得何種香氛適合自己……誰說上海沒有美男呢？現在我們的美女地圖，只是拿來參考看的。

上海的美女，可以到圖書館裡去找老上海的書，可以到張愛玲的文字裡找，可以到電影《阮玲玉》、《紅玫瑰、白玫瑰》裡找，甚至在《花樣年華》裡都可以找到一點點「上海麗人」的幻影……也可以從二十世紀三十年代到上海來生活的外國畫家留下的畫冊裡找。他們筆下的上海女子，更有一番多元文化的背景眼光之下的客觀和鮮活。倘若是上海本地長大的孩子可以問父母討一討當年外公外婆、爺爺奶奶的結婚照，或者日常生活照。那能讓你讀到上海一種細緻與安實的美。這種美，同樣令人驚豔的。

現時的美女，也不全是上海本地的美女。因爲上海作爲移民城市，世界各國、全國各地的美女都到上海。她們爲上海街頭市容美觀，有著不可低估的巨大貢獻。

觀看方式：應該製造「邂逅」。虔誠守候在美女出沒的地區，卻不刻意去找。讓美女像空氣一樣，無所不在，隨意一看，原來是一個有細節可觀味，有時髦可捕捉的美女。

注意事項：除非另有原因，一般情況下，應該保持距離地看，這樣才是美學上最佳的欣賞方式。如果打破距離，湊近存心去看，是會被上海美女罵「十三點」的。

場所分類：新天地。這是一個民間的說法。本來那裡就是一個「表演」和「展覽」的地方，美女自然眾多。建議選擇露天的、靠近人行通道的位置。這裡的美女最有國際特色，因爲不單是上海本地的美女了，世界的美女，都有可能巧言笑語、傾國傾城地現身在你的眼前。

酒吧勁舞廳。美女多，跳舞的美女。復興公園蘭桂坊，宮邸、茂名路等酒吧裡，美女也出沒。這些屬於高調美女，張揚，動感十足，耀眼如明星。

地鐵站出口也是美女集中的地方。陝西南路站出口，巴黎春天百貨附近，是馬路美女的集中點。穿行過街的大小美女，魚龍混雜，但最最起碼都比較時尚、靚麗，年齡層次也偏年輕。屬於最流行時尚的美女。也可以從別的美女那裡，嗅到他人的優長而及時補正自我短處。保證幾年下來，即便不是美女，也可以薰陶成初級美女。常熟路站，也是不少低調美女出行的地方。不易察覺，但絕對是養眼的那種優質高尚美女。

星巴克咖啡館也有。尤其是中信泰富廣場那家，或者位於人民公園那家，都是看美女的地方。這裡出沒的除了外國美女，還可觀看各個大高級寫字樓、高級廣場裡大量的白領、金領上班的美女。她們有很多是獨立的單身貴族。屬於含「金」量最高的美女。

還有上海戲劇學院附近小飯館、咖啡館。這是一個平常人忽略的看美女地方。美女會跑出戲劇學院來那裡吃東西。沒准你看的，就是明日在電視裡上鏡的。所以這裡，是最上鏡美女。

甚至是開過淮海中路之類繁華地段的某一輛公共汽車。通常兩個一雙的年輕時髦女孩，坐在空調車裡，她們的手指甲塗成國際時髦的顏色，多半是一隻手拿著珍珠奶茶之類的塑膠杯，一手挽著古靈精怪的小包，頭髮燙粟米卷圈兒，要麼離子筆直，或染成巧克力棕。腳上是一雙黑色的靴子。她們在打手機，或在跟另一個討論辦公室生存面試守則、加薪秘笈之類，或是說外語考試如何如何，或講講在酒吧裡結識的老外和帥哥。算是最眞實美女啦！

寫到此，忽想起一段網上文字，我們似乎遺忘上海她還擁有著一群「美女」，我保證這樣的美女在全國也是難能可貴的，在上海這座城市裡「那隨處可見的打扮得體的老太太就是不可不提、不可不看的風景了，她們的指甲乾淨，鬢角也抿得很齊整。更重要的是，她們還懂得善待自己。」

那是上海眞正的「美女」。

連時間，都無法吃掉她們那骨子裡的美感。

摩登十大建築

上海是一個時髦「女子」。她的「新衣」更新變化的速度，不亞於世界其他的大都會……

I、金茂大廈

金茂大廈是目前中國最高的大樓。上海樓層的高度紀錄被一輪輪打破，依次是：南京西路的國際飯店（上海二十世紀三〇年代到八〇年代初，據說其頂端的旗杆中心位置曾被當作上海座標系的「零」）、上海賓館（靜安寺附近，小時在外婆家窗口就能望到這座當時罕見的摩登大樓正面，現在早已淪爲普通了）、聯誼大廈、希爾頓飯店（亦在靜安寺附近）、波特曼商城（南京西路）、新金橋大廈。

此樓目前是世界第三高樓。由美國ＳＯＭ設計事務所設計，建築總面積爲二十八萬七千三百五十九平方公尺，建築總高度爲四百二十公尺，主樓高八十八層。

II、上海大劇院

上海大劇院位於上海市中心，由法國夏邦傑設計事務所設計，建築總面積六萬兩千八百〇三平方公尺，地上八層，地下兩層，外觀頂蓋兩頭翹起，下端通體透明，莊重而靈動，位於上海人民廣場西北角。

大劇院是一座多功能的文化建築，人們在此不僅能欣賞到如《阿依達》等著名歌劇，芭蕾、交響樂等藝術，也可舉行國際會議，或餐飲、購物，以及欣賞現代藝術，如阿曼雕塑作品展等。大劇院的舞台，可以全方位的平移升降，同步更換六到八組佈景，也是目前爲止亞洲最大的舞台。

大劇院大堂中央掛的是旅美畫家丁紹光創作的大型裝飾壁畫。

III、東方明珠廣播電視塔

「東方明珠」位於浦東陸家嘴嘴尖上，總高四百六十五公尺。它位居亞洲第一、世界第三。

主塔由三根擎天立柱串起上下三個球體，以及一連串的中間小球，構成了一個巨型的空間框架結構。「東方明珠」既是廣播電視信號發射塔也是旅遊景點。它上面設有觀光、展覽、商場、兒童樂園、餐飲等設施。凡是來上海的，必定會去見見這座「東方明珠」；而上海本地人，也會站在外灘邊上看看它。

許多城市藝術家，對這個建築做了許多有趣的妙想。把它和老百姓的弄堂，結合在一個畫面中，另有一番趣味。

IV、上海浦東國際機場

上海浦東國際機場位於浦東新區江鎮、施灣和南匯區祝橋鎮的濱海地帶，地勢平坦，淨空條件良好。機場距市中心三〇公里，距虹橋機場四〇公里。地鐵二號線橫穿市區，把兩端的虹橋機場與浦東國際機場串聯起來。兩機場位於其兩端；在浦東國際機場的東側臨海處建設的碼頭，將提供便捷的水上交通。可以在徐家匯等地

換個角度看東方明珠

乘坐機場專線汽車，進入浦東國際機場，來去方便，夜晚看它，更像一隻綴滿鑽石的貝殼。非常之美。

機場設計體現二十一世紀「人、建築、環境」和諧共存的主題，航站樓在大片水池之上，就像一隻海鷗，寓意上海，也寓意著上海的起飛。上海浦東國際機場，它的通航時間始於一九九九年九月。

V、上海博物館

上海博物館，現坐落於人民廣場主軸線南端。它的造型，亦中亦西，突出「天圓地方」之中國古代思想觀念。它將方形的基座和巨型圓頂結合起來，將傳統與時代融爲一體。它裡面有中國古代青銅館、中國古代雕塑館、中國歷代璽印館、中國古代陶瓷館等等展館。另外，定期還有專題展覽。比如南美洲馬雅文化，西藏佛教物品等。

每個展館，可以配備解說器和耳機。館內非常靜謐，佈置精緻，解說詳細。每周還會有專門一天內提供時間，免費供給持有學生證的學生朋友學習、參觀。

VI、上海展覽中心

老一代的上海人，愛把它稱作「中蘇友好大廈」。它一九五四年五月開工，一九五五年三月竣工。是二十世紀五〇年代上海規模最大、氣勢最雄偉的俄式建築群。位於延安中路一千號。今爲上海展覽中心。

典型的歐洲俄羅斯建築，無論走在外面，還是仰頭看裡面大廳那巨大的落地玻璃門窗，你都會有一種崇高感，有一種端莊的詩意。眞的是在聆聽一個來自建築的凝固音樂。

VII、上海體育場

現在，它應該叫做八萬人體育場。地鐵一號線，有專門一站到達於此。是位於徐家匯的西南。建築造型呈巨型馬鞍狀，一九九七年九月建成。

上海展覽中心一隅

那裡還有一個上海「旅遊集散中心」。凡去周莊、西塘、烏鎮等大大小小江南小城的長途客運大巴士，都在那裡等候。

VIII、上海圖書館

據說這座圖書館，已經進入了世界十大圖書館行列。規模僅次於北京圖書館。

它位於淮海中路、高安路交界口。建築由主樓和輔樓兩部分組成。閱覽座位三千餘個，底樓有借書處、文獻閱覽處。二樓有雜誌閱覽和一般中文圖書閱覽。三樓以上有外文閱覽，主要以英文爲主。它一九九三年三月開工，一九九六年十二月建成。裡面還設有書店，容量齊全，地下的餐廳，也方便了精神食糧的讀者解決物質食糧的客觀問題。輔樓經常會舉行設計展、攝影展等中西方藝術視覺展覽，輔樓上面常舉行演講、電影觀摩，如德國早期黑白片時代的影像展等，不勝枚舉。

如要辦卡，可根據需要辦理普通閱覽證、參考閱覽證（可閱讀外文原版書）、普通外借證、參考外借證（可借閱外文原版書）等。

IX、上海國際會議中心

一九九九年《財星》全球論壇和二〇〇一年亞太經合組織首腦會議等世界級重要會議都在這裡召開。坐落於浦東陸家嘴濱江地帶，占地面積四點五萬平方公尺，建成時間爲一九九九年八月。它由會展場館和賓館設施兩大部分組成。它的建築形式匠心獨具，鑲嵌著一大一小、浮現著世界地圖的球體，給人以溝通東西半球的聯想，並與毗鄰的東方明珠廣播電視塔形成「大珠小珠落玉盤」的意境。

X、新錦江大酒店

新錦江大酒店，在上海是頂頂有名的。據說它是舊時上海最高的鋼結構建築。它坐落在瑞金二路、長樂路口，主樓呈八角棱柱形。地面以上有四十六層，地下還有一層。四十層爲空中花園，四十一層是上海規模最大的雙層旋轉餐廳，四十二層爲酒吧間，四十三、四十四層爲設備和機房層，屋頂還有一塊直升飛機停機坪。

Art｜千萬別來上海之九：

文藝，再次毫無理由叫人「淪陷」

看得到藝術的「房間」

看畫，只是一部分而已。

對普通人來說，參加畫展的酒會或者開幕式是件很有意思的事。可以結識許多人，包括畫家自己。同樣是一種生活方式的喜樂。

對藝術家來說，全世界的畫家、攝影家、現代藝術家，都跑來上海做展覽。有一些外國的畫家朋友來這裡住上一年半年。他們多半選擇了浦東大道「畫家村」。房租不貴，空間自由。

上海的文雅氣質，大多數人受過良好教育背景，對藝術素來尊重。哪怕不能完全把一件藝術統統看懂，也會非常認眞而得體地去研賞一下。這點是上海的驕傲。

雖然很多畫廊有時大部分也面臨著淪爲「畫店」的局面。守住品味，堅持個性，守住學術，或者守住自己的眼光——畢竟不是一件很容易的事。

但還是有很多好的畫廊堅持了下來，有時畫廊的一部分還會有喝茶、喝咖啡、聊天的地方。還有一些街，本身就與藝術和畫廊有關，比如泰康路。比如新天地裡的局部。同時越來越多的咖啡館，也成了展覽攝影、繪畫的地方。說不清這樣的地方，到底是算畫廊還是咖啡館，這座城市的模樣，因爲它們的重新書寫，而有了一層新的美學與藝術上的活力。

它們，是這座城市裡的眼睛。

上海能夠擁有它們，眞好。

上海美術館——看藝術品的經典地方

是上海最好的看藝術的地方之一，坐地鐵在人民廣場站下來，它在南京西路上。它是上海最漂亮的老建築之一，二十世紀三十年代英式風格的樓宇。初爲舊上海跑馬廳。許多國際大展覽都在此舉行。比如上海雙年展、國際琉璃藝術展等。它樓上還有一個開放式的安靜小咖啡室，看累了可以坐下，邊喝東西，邊回味頭腦中的藝術美感。最上面一層樓，會定期舉行藝術講座，還有藝術刊物閱覽室，日本、美國、法國等最精緻的藝術文化雜誌報導等都可翻看。

它的開放時間爲九點至十七時（十六時停止入場）。學生別忘了帶學生證。

東海堂——有歷史感的畫廊

東海堂，似乎是一個「狡兔三窟」的畫廊。原先，只知道在茂名路那裡有「東海堂」，二樓上去，可以看到許多實力不凡的畫作。畫廊裡還可以喝點紹興黃酒。記得那時屋裡擺著一隻細瓷花缸，養了幾尾銀魚。很中國，很鄉土，也很人文。後

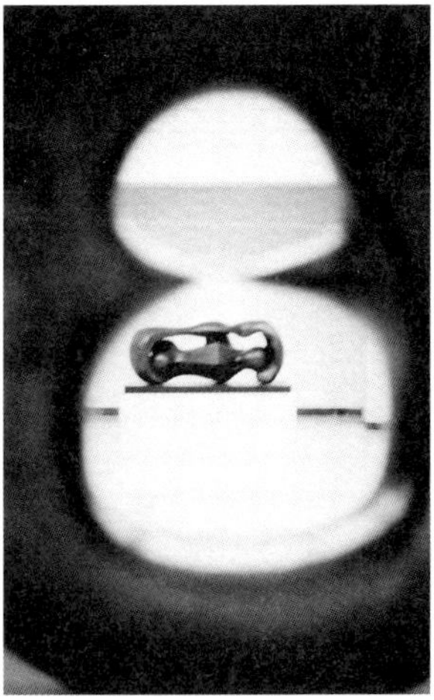

上海美術館的展品

來，聽說一個朋友的畫展在紹興路開幕，找了半天，居然也在「東海堂」裡，大門開進去，有中式的屏障。的確不特別好找。後來，又聽說東海堂二十世紀八〇年代末就開在虹梅路的一座別墅裡。眞是搞不清。呵呵。不過這不影響對於它的好印象。它所收藏的畫算得上海畫廊裡最多最好的之一。

畫廊主人徐龍森，似乎有著像巴黎畫商康維勒發現畢卡索那樣的傳奇。他立志要把畫廊開成眞正的「畫廊」而不是畫店。他希望以發現藝術的眼光，對中國美術史的續寫起到作用。他發現了油畫大師沙耆，當那年他到鄉下發現那個老人的時候，老人已是一個無法完整說話的人。後來沙耆作品開幕，美術界群英匯聚，眾星拱月。那一天下午，他卻在自己畫廊院子裡一個人曬太陽。

海萊畫廊——生活藝術裡的「精彩場面」

海萊畫廊，是一座年輕的畫廊，比較小，但我無法忘記它。它處在上海烏魯木齊中路。以前每天上學讀書時都會路過。簡約而現代的風格，乾乾淨淨，亦如畫廊的藝術主持人董煒，是個非常秀美、氣質文雅的年輕女子。

烏魯木齊中路，其實很喧鬧，很老舊。有時馬路會有小狗跑過，拉屎在樹叢裡。但是這個畫廊卻如一枝白荷，讓每次過路的人能看到落地大玻璃窗裡的畫，心裡忽然就有了溫暖。眼前似乎不再是灰塵僕僕，安靜的生活就這樣被無聲地點綴了一下。好像一隻小燈，突然把心間照亮了一記，然後你可以靠著它的餘光，去再度衝入那喧鬧嘈雜的人群和瑣碎的事物中。

這種感覺，是蠻人文的。

好像，也在一份介紹「海萊」畫廊的資料上，瞭解到，原來這個以經營當代藝術爲發現現階段優秀藝術創作者的畫廊，它的口號居然就爲「關心當下人文情緒」。將藝術與民眾聯結起來。這樣做本身就很精彩。亦如它的英文名字原本是「HIGHLIGHT」（精彩場面）。繪畫的英文專用詞裡，就是那一點最亮的「高光區」。

海萊畫廊

東大名藝術創庫——前衛青年藝術

第一次和一位專做藝術評論的朋友一起去那裡，居然沒找到它。請東寫明：東大名路七一三號。可是那的大門上只掛著儲運公司的牌子，問了一個工人模樣的師傅，他鐵定口氣說，沒錯啊，你們繼續往裡走，上三樓就是了。

晚上七點，一片昏暗。倉庫凌亂，陰森詭秘，似乎是後工業時代的衰敗感，不見一個活人。水泥樓梯非常簡陋，一點不見所謂高雅畫廊的感覺。

朋友率先走在前頭。我當時感覺有點像在獨闖扮演〇〇七，或者是盧．貝松那部著名黑白默片《最後一場戰爭》裡，沒有任何一個人的空洞的大城市畫面。

後來到了三樓，看到一扇乾淨的玻璃門，很設計的樣子。但裡面黑黑的，沒有燈光。我們亂敲門一陣，總算有個小男孩跑來開門，他說你們怎麼現在才來？原來我們記錯開幕日期，難怪現在沒有人。

走下鋼製樓梯，才稍許見到亮光。看清這個男孩，單薄的汗衫，很細的腿，光腳穿著跑鞋，還略微內八字，大三的樣子，眉眼乾淨，讓人想到《藍宇》裡的主人公，說話不卑不亢，聲音有磁性，我總覺得他像演過舞台劇的，後來一問果然是復旦學生，參加話劇社的，暑假兼職。現在只有他一個人，負責這個掛著詭異誇張畫作的大倉庫。一切，似乎都不眞實都有些奇異。

據他介紹，這個樓原爲上海儲運公司，最初是德孚洋行倉庫，建於一九二五年。在租下的第二層和第三層中，二層的門被封掉，出入都從三樓的大門。再把兩層之間近五十平方的鋼筋水泥樓板切去，裝上木樓梯，就變成了一個與外面的倉庫完全隔絕的空間。它模糊地定位於畫廊、展覽、藝術家的工作室以及私人俱樂部之間。除了代理畫家之外，還會策劃一些展覽，包括美術、攝影、觀念以及video作品等。

創庫裡的展覽是不定期的，可以是經過組織的，也可能是藝術家自己找到創庫，提出要求。創庫內的作品流動性很大。風格大致是前衛而普普的，都市的。

他給我們看了收藏畫作的庫房，裡面還有許多畫作沒有掛出。還有一間被封死成「X」樣的庫房，據說這是許多藝術家創作的密室。無法參觀。出來時，我看到桌上的一份介紹東大名藝術創庫的資料，它裡面寫了一句話，好像是一個在這裡創作的畫家說的：「Lights are on, but nobody is home.——燈亮了，但無人在家。」對了。想來這個東大名藝術創庫給人的感覺就是這樣。

漢源書屋——「馬賽克」之下的上海文化人

漢源書屋，它集咖啡館、書店、畫廊於一身。位於紹興路。這條短短的馬路，是上海有名的雲集出版社、畫廊等一條文化街。許多畫廊就深藏於此。紹興路本身就很有說頭。馬路的房子大多數還是上海的老式房子，很富有人性的氣息。而漢源書屋則是一個上海出來的著名攝影家爾冬強先生開的。他時常拿著相機在上海的大街小巷走走拍拍，只要遇到他認為光線合適的時候。有時你會遇見他，從你面前走過。淡淡和他打個招呼，他也微笑。攝影家就是這樣子的。

他的書屋裡，就有不少他自己拍攝的上海老房子，包括那些名人

漢源書屋

故居和以前法租界留下的片垣殘壁。有時那裡也會有藝術家的小品展覽展覽，比如小型版畫之類。他的書屋，左廂房可以看書、挑書、買書。屋內風格，屬於租界時期老上海洋房內的西洋格調，右廂房可以喝茶、聊天。屋內風格，則屬於中國東方江南老屋，有鳥，有池水。看得出屋主在情趣上的審美「分裂」與高超的「整合」之道。

在上海，有許多受過良好教育的人，特別是文化人，其實都這樣子——受到薰陶的文化背景一半是上海租界骨子裡的洋氣和西方化，另一半也有外婆家鄉的那些江南氣息與中國古樸的懷舊，所以——矛盾的，也是分裂的——在內心，能夠用一種上海人所特有的靈性與聰慧，把這兩類完全不同的審美風格高度統一，融洽和諧地拼合在一起——這又是一種上海「馬賽克」了。室內擺設如此，衣著用具也如此，審美理想更是這樣。

因爲上海，這座城市本身就是「馬賽克」的，這座城市的老百姓也是「馬賽克」的，就連這座城市塑造出的精英文化人還仍是「馬賽克」的。

頂層畫廊——看得見風景的房間

看得見風景的房間。原先是一部西方電影的名字。後來被挪用到了很多地方。它特別適合表達一座城市裡的風景。因爲城市裡，人們除了走在街上，大多時候，都是通過樓房裡的一個個窗口來看城市風景的。

頂層畫廊，英文是「TOP FLOOR」，它取意也是看得見風景的房間。因爲它在南京東路先施大廈的頂層，所以往那裡下面看風景也是特殊而別緻的。那裡的紐約風格的大窗子，可以透過它們，看到上海的臉孔。

它是上海另一個文化界大名鼎鼎的人，評論家吳亮先生開的。他也是這座城市的「駐民」。他愛抽煙，也愛藝術，傳聞更愛紅燒肉。他結交了許多畫家朋友，甚至偶爾自己也創作玩玩。他請建築設計師把他的這個畫廊設計成具有紐約工業風格的粗獷和詭異。但我覺得它也有脆弱的地方。比如腳底的地板是玻璃透明的，讓人踩在上面，總忍不住小心翼翼。據說這個畫廊的空間是個可以發生許多不可預知事件的有變化迷宮，它的解釋權應當交還給使用者。於是，我們可以在那裡看到許多國內的前衛畫家的作品。有的抽象，有的則比較普普，有的顯得浮躁……但它們是眞實的。

另外，上海圖書館，也可以看到很好的藝術展覽——設計藝術方面比較多，也有攝影展和繪畫展。

上海博物館

I、上海歷史收藏館（方濱中路三八五號　電話：53821202）

它是個有關「歷史收藏」的展覽館。喜歡老上海雜七雜八的精細小玩意之類或者舊地圖、老照片等的，一定不可以漏掉它。

II、上海博物館（人民大道二〇一號　電話：63723500）

先前已有文字提及了。這裡再補充一下，留意它的青銅器、陶瓷器和書法展館，據說是爲上海博物館藏三大特色，不能不看。學生有優待票。

III、上海城市規劃展示館（人民大道一〇〇號　電話：63184477）

上海城市規劃展示館，有許多巨大的噴繪照片，還有老上海華界、租界等地圖。慢慢看來，它以最最直觀的形式，把我們心目中的那個上海的昨天、今天與明天，清晰地勾勒了出來。

IV、上海歷史博物館（浦東世紀大道一號　電話：58798888）

注意不要搞混了。前面是歷史收藏館，有點生活趣味的意思。現在是博物館。則比較正式，且規模大一點。主要是描述上海城市發展史的展覽。

V、上海自然博物館（延安東路二六〇號　電話：63213548）

是小時候，最喜歡去的博物館。還一直記得底樓的進門處看見的那一個巨大的張著口的恐龍白骨骨架，深深敬畏著……這就是一個小孩，面對一個「自然」的力量。不知道現在，它是否還站在那裡。

VI、文博堂（多倫路文化街一六一號　電話：56668801）

文博堂的一樓內以明清家具爲主。明式悶戶櫃、清代四畫雕花人物八仙桌、官帽椅……上海有品味和文化的人，挺喜歡家裡擺一些明式家具，它簡潔的線條，和現代藝術的精神正好不謀而合，而且明式家具它不「媚」——不是用來取悅人的屁股，而是培養人在它上面坐出一股挺直的中國精氣神來……

VII、魯迅紀念館

（四川北路二二八八號魯迅公園內電話：65402288）

魯迅與上海關係很深，當年他住在虹口區。有很多在上海的日本人當時也居住在那個地區。後來上海政府把虹口公園，就改名叫魯迅公園。現在魯迅紀念館就坐落於魯迅公園內。小時候在那遇到一些日本婦女，問魯迅像怎麼走，她們從日本來看一看這位中國的精神巨人。

VIII、中國藍印花布館（長樂路六三七弄二十四號　電話：64717947）

第一次去時記得裡面特別乾淨，也許是因了藍印花布的關係。一位很客氣的日本老太太出來，非常有禮地跟父親以及我打了聲招呼。獨自走進裡面看，眞不敢相信，中國的民間工藝竟被一位日本的老太太這樣周到地把握、整理與收藏著，安安靜靜地展示它們本來的純樸與美麗。老人愛中國的這種工藝品，於是開了這麼一家兼售藍印花布的展覽館。介紹中國藍印花布有關的所有知識與歷史。記得裡面還有房間，那張鋪得乾乾淨淨的桌子上，放著一瓶怒放的石蒜花。屋外是一個小院子。綠草和室內的藍布，形成一種不可言說的美。後來每次經過這裡即使不曾進去，也會往裡面望一望那個弄堂深處的花園房子。這也許就是一家展館眞正的魅力吧。

圖書館：

I、上海圖書館（淮海中路一五五五號　電話：64455555）

前面也有介紹了。如果你想辦臨時閱覽證，十元即可。冬天冷的話，可以在那裡捧一本好書吹暖氣，夏天也可看到許多愛書人在那裡捧著書吹冷氣。記得雙休日一定要去得早，否則會沒有座位的。

展覽會館：

Ⅰ、上海世貿商城

上海世貿商城，在延安西路上，是多功能商業中心。經常在那裡有展覽、營銷、會議等召開。

Ⅱ、上海展覽中心

已經是上海的經典標誌建築了。經常舉辦一些國際性的大型展覽活動。如果那裡舉辦展覽，應該去看看。即使是看看建築本身，也自有一種城市的樂趣。

Ⅲ、上海國際展覽中心

上海國際展覽中心地處虹橋經濟技術開發區，也是上海舉辦國際性展覽的主要會場之一。

IV、光大會展中心

它是一九九九年底建成的。是目前上海最大的專業展覽場館。位於上海徐家匯現代商業娛樂中心和漕河涇高科技開發區，距地鐵漕寶路和高架道路出入口三百多米，到虹橋機場僅十五分鐘車程。建成至今已舉辦了一百多場大型國際展覽，在國內外有很高知名度。

書店

想在上海買書，可以先去福州路。坐地鐵到人民廣場站下來，這條馬路就在那裡的東面。你可以一路走過去。那裡有古籍書店、上海書城、美術書店、中國科技圖書公司、外文書店（外國遊客可以在那裡的底樓買到英文的上海介紹書、導遊指南、漢語教程課本等；中國的讀者可以買到英國、法國、德國等各種語言的學習教材和音像製品；再往樓上，有藝術書，攝影、設計、美術的外國進口原版書，各式各樣，但數量很少，往往就只剩下那本被大家翻得不行的展示品了；最頂樓，是外國期刊和圖書的銷售點）。外文書店對面則有綜合性文化用品店上海文化商廈。匯豐紙行、長征測繪儀器商店、上海美術用品商店也在那裡，可以買到美術用具或者辦公用品。

然後再去陝西路地鐵站的季風書園。裡面的學術和藝術書非常齊全，而且環境特別好，有安靜的音樂環繞，抵消了外面地鐵的喧囂。完後，繼續坐地鐵到徐家匯站下，去美羅城上面的思考樂書屋，特別深邃而龐大的開面，絕對是書癡的天堂。

還有許多書店，無法一一列舉。你可以走走看看，一定能發現更獨特的地方。

TOP頂級影院

上海一座座新的電影院，正建立起來。比如新天地那邊。這裡只是簡單地舉幾個例。在上海，酒吧裡看電影的地方不多。只有多倫路上一家咖啡館裡，有放電影，而主要是老上海電影。還有上海圖書館，會有一些主題觀影活動。那些眞正的人文哲學片，適合你自己買ＤＶＤ拿回家慢慢看。上海超級大電影院，也許更適合看不用太動腦子，只需要投入笑聲或者眼淚的電影。上海電影院，一般都可通過撥打電話，查詢到當天，或者明天的電影排片表及放映時段，非常方便。

Ⅰ、柯達超極電影世界

（肇嘉濱路一一一一號美羅城五樓　電話：64268181－168）

號稱亞洲第一影院。它裡面有按美國標準製造的四個不同凡響的放映廳。百萬美元的超級銀幕全部來自英國，寬大的弧線型設計使後排觀眾也不會感到視角的減小，在任何一個座位都能看到同樣亮度的畫面。四個廳均可放映DTS六聲道立體聲影片，其中四號廳還可放映八聲道立體聲影片。看張藝謀的武俠片《英雄》時，把票買在了四號廳看，畫面上，冷冷劍尖灑開一滴水珠，都能聽得你耳膜跳起來。

Ⅱ、環藝（南京西路一〇三八號一〇樓　電話：62182173）

這是總部設在香港的環藝電影城有限公司在大陸開設的第三家電影城。環藝電影城在梅龍鎮廣場十樓。在那裡看電影，讓人想到西方電影娛樂行業裡的一句話，電影營銷利潤來源大部分不僅是電影片子本身，更多來自看電影時出售的新鮮爆米花所得。不過這樣子說來，好像蠻滑稽。不過環藝新鮮的爆米花好像特別香，一整樓都是它的香味，誘人鼻子。這樣看來，環藝它所配備的什麼先進八聲道數位音響（SDDS, DTS, SR—D），還有什麼舒適寬鬆的座椅，電腦售票系統……都可以統統往後靠，因爲比起那些，爆米花是最最有賣點的。不過當年看王家衛導演、張曼玉主演的《花樣年華》時，沒有人買爆米花嚼著看。似乎那樣就太不合上海人雅緻的氛圍了。

III、上海影城（新華路一六〇號　電話：62804088）

中國第一家五星級影院。電影院也能排個星數，可見等級之高，也是國內最大的影城之一。坐落在安靜優雅的新華路番禺路口。共有九個風格不同的電影放映廳。其中第一廳配備SDDS八聲道全數位立體聲、SR—D和DTS六聲道數位立體聲音響設備、世界頂級的十組一百只JBL系列的揚聲器，在這裡能眞正領略身臨其境、如癡如醉的感覺。

上海影城也是歷屆上海國際電影節的主會場。上海國際電影節現被列入世界上十一大A級電影節之一。許多世界著名演員、導演等電影人的腳步，都曾踏進來過。他們把他們的簽名留在了影城底樓的那一架大白三角鋼琴上。

IV、永樂電影城（虹橋路一號港匯廣場六樓　電話：64076622）

永樂電影城，感覺是在和另一家同在徐家匯的電影城——美羅城五樓的超極電影世界互別苗頭。它在港匯廣場六樓。永樂電影城是著名的上海永樂股份公司（一家專門製作發行影視的大公司）與香港廣裕有限公司合作的。共有九個專業電影廳，可同時容納近一千四百名觀眾；其大、小各個影廳也毫不遜色的同樣配置了當今世界先進的電影視聽設備。

V、大光明（南京西路二六一號　電話：63274260）

大光明電影院，一直享有「遠東第一影院」的盛名。它始建於一九二八年，由德國傑出的建築師烏達克（L.E.HUDEC）設計。奶黃色的建築外牆，像波浪中行進的風帆，流暢的圓弧曲線從大廳頂部圍環整個影院，義大利大理石砌成抽象的圖案，觀眾大廳很有老紳士氣派，寬敞的觀眾休息廳優雅乾淨——大光明具有歐美建築風格的特色。它是上海老字輩名氣非常響的電影院。

VI、嘉華海興／嘉禾友誼（瑞金南路一號四樓　電話：64120260）

香港老牌影業公司「嘉禾」電影在上海擁有「嘉華海興」、「嘉禾友誼」兩家多廳影城。電影產業依然還是「嘉禾」的王牌。嘉禾公司認爲，中國的市場絕不會輕易被好萊塢鉅片攻佔，就像中國人不會天天吃西餐。「嘉禾」的目標是成爲華語娛樂的先鋒。那就先到它的這兩家電影院去體會一下感覺吧！

戲劇、戲曲、音樂劇場

上海看劇的地方，似乎是由點到面，從安福路、華山路這一帶話劇、兒童劇、戲劇、相關學院、實驗劇院等集中的一塊文化區，慢慢往週邊擴散至北京西路、南京西路，乃至徐家匯。

I、實驗劇院（華山路六七〇號）

它是上海戲劇學院學生們戲劇藝術起步的經典舞台。每年的畢業班，無論是導演系，還是表演系，都會有各自的畢業公演。選擇的大多是經典名劇。高中時常在這裡看大學生表演，比如迪倫馬特的《流星》，尤金．奧尼爾的《進入黑夜的漫長旅程》……一直到現在彼德．普列瑟斯和烏爾利希．貝希爾的《屠夫》、薩特的《阿爾托納的隱居者》。看著他們年輕的活力，彷彿也看見了父親和他的朋友們年輕時在這裡讀書學習的影子。一代一代的戲劇人就是在這個舞台上鍛鍊起來。

II、上海話劇藝術中心戲劇沙龍（安福路二八八號）

它是比較晚建起來的，位於上海話劇藝術中心大廈的三樓，上海話劇藝術中心大廈是很現代的建築。劇場裡配備了國內先進的音響和燈光設施，全方位、多角度、立體式的演出及操作空間。

III、話劇大廈藝術劇院（安福路二八八號）

藝術劇院位於上海話劇藝術中心話劇大廈底樓，是上海很好的觀看話劇的場所，同時也是一個很好的社交場所。

IV、真漢咖啡劇場（肇家濱路五六七號）

眞漢咖啡劇場（HardHan Cafe Theatre）是上海文化人自己開的酒吧式劇場，裡面是小舞台話劇。由於格調取向，經常以當代都市人心態爲寫照的舞台劇。演員、舞台和氣氛情調的控制，都能入木三分。

V、上海商城劇院（南京西路一三七六號）

上海商城劇院是以美國百老匯馬昆斯劇院爲藍本所建，經常上演話劇、歌劇、芭蕾舞劇、交響音樂會等。

VI、蘭心大戲院（Lyceum Theatre）（茂名南路五十七號）

蘭心大戲院，是上海老資格的戲院，建於一九三〇年，與花園飯店、錦江飯店、新錦江大酒店相毗鄰，在引進先進舞台演出設備的同時，仍舊保持原來優美溫馨的歐式建築風格。主要演出戲曲、音樂、歌舞等節目。

VII、美琪大戲院（江寧路六十六號）

美琪大戲院建於一九四一年，定名美琪，原是取其「美輪美奐，琪玉無瑕」之意。美琪大戲院是上海市近代優秀建築，融合了現代與古典建築美之精華。它是以演出大型歌劇、芭蕾舞劇、音樂舞蹈爲主的綜合性劇場，解放前，京劇表演藝術大師梅蘭芳曾在這裡演出。

Ⅷ、上海大劇院（人民大道三〇〇號）

上海大劇院，是最豪華的觀劇場所。人們在此能欣賞到世界著名的歌劇，比如《阿依達》、芭蕾、交響樂等高雅藝術，還有第一流的音樂劇，其舞台效果據說敢和百老匯一比高下。

Ⅸ、逸夫舞台（福州路七〇一號）

逸夫舞台始建於一九二一年，當時是馳名海內外的京劇演出場所。一九九四年易名爲天蟾京劇中心逸夫舞台，以上演各種精彩戲曲節目爲主。比如昆曲、京劇、滬劇等。是老一輩阿婆阿公票友們心裡不可動搖的聖殿。

Ⅹ、雲峰劇院（北京西路一七〇〇號）

雲峰劇院每年接待大量外地劇團，尤其是全國各地的部隊文藝表演院團演出。一度在上海很有名氣，後來上海大劇院有了，上海影城有了，新天地有了……它們一個個帶著更奢華氣派的面容，這裡似乎就沒有什麼特別了。

S、上海音樂廳（延安東路五二三號）

這家音樂廳建於一九三〇年，位於「大世界」附近，很老的建築與歷史，但地位一直在上海人的心中沒有動搖。上海人會到這裡聽正式的音樂會，他們都不太年輕，他們的孩子在徐家匯的美羅城廣場上跟著DJ做聖誕搞笑遊戲時，他們坐在這裡出神地聽樂隊演奏古典的交響曲。

最專業的沖印地方

據攝影界專業人士透露，兩家上海最專業的攝影沖洗店都在靜安區。且都在靜安文化館（烏魯木齊路）內。一處是柯達威馬專業沖印。另一處是富士專業沖印。前者在文化館裡面往左拐。後者就在門口處。開間皆不大，卻是全上海最專業的。許多中外新聞記者、藝術家、廣告人，也常把照片拿那裡去沖放。另外，威馬專業沖印二樓也會舉行個人攝影沙龍展。說不定有天會有你自己的作品。

Immigration | 千萬別來上海之十：

假如誰都來了上海，那上海豈不全擠塌掉

兌換外幣的中國銀行營業所

中國銀行上海分行部分營業據點：

I、淮海支行營業廳（淮海中路一二〇七號 電話：021-64310909）

II、機場分理處（虹橋路二五五〇號 電話：021-62688866）

III、古北新區分理處（古北新區榮華東道十九弄十二號 電話：021-62091304）

IV、浦東國際機場分理處（祝橋鎮東大街一八五號 電話：021-58101155）

注意：在機場，都有銀行的營業所，可以隨時把外幣兌換成人民幣，價格當然是按照國家當日公佈的外幣現鈔買入價。但目前在上海，只有中國銀行及其分支機

構可以直接把外幣換成人民幣。中國銀行上海分行的外幣兌換主要分外幣現鈔的兌換和旅行支票的兌換兩種。

《上海市居住證》

上海現在推出了《上海市居住證》。它的前身有上海藍印戶口政策。只要在上海買房，就可以拿到上海戶口，做「上海居民」。

當初，實行藍印戶口政策的初衷之一是引進人才，可後來絕大多數獲得藍印戶口的人都是購房者，這對上海眞正引進高素質人才，構築人才高地十分不利。與以往的藍印戶口等引進人才和外來人口戶籍管理制度相比，上海市居住證一個顯著特點是有「財」者讓路於有「才」者。

持有居住證的人士享有相應的市民待遇，包括享有上海市的社保、醫保，而這是以前藍印戶口持有人所沒有的。

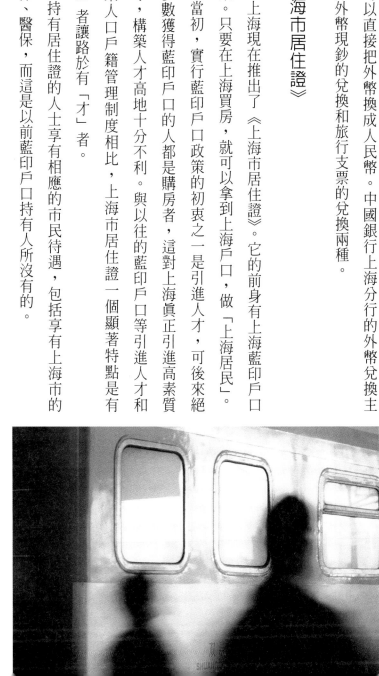

跋

Postscript

一個人，一座城

寫上海，只是一個藉口。

一千個人，有一千個不同的「上海」，和一千個「上海活法」。

千萬別來上海。

是一次戲謔，也是思考。

有人說：「千萬別來上海，你想，如果整個地球的人都蜂擁跑來上海，那上海城裡的人不就連踮起腳尖，都沒地方可站了……」

有人說，「千萬別來上海，我之所以在上海，那只不過因爲我在這個城市出生長大，別無其他。」

有人說，「千萬別來上海，我偏就不相信，除了上海，難道沒有別的一個城市適合自己了嗎？」

……我覺得更重要的是看人和城市的關係。看我們每一個人的生活。無論是上海也好，還是其他城市。

我承認，我自己是一個「路盲」。雖然我自己的名字裡有一個「路」字。

寫這本書的最大「困難」之一，是把我頭腦中感性

的部分化爲理性的確切路標，以方便所有還沒認識這座城市的人能更方便找到他們要的目標。事實是，我努力了，可做得似乎還是不那麼好。

我多半搞不清人們嘴裡說道的馬路名字，它們在哪裡。

但當我最後搞明白這個馬路名字，就會恍然失笑。原來就是那條從小到大有時會經過買點小東西吃，然後會經常蹲下捋一捋趴在小雜貨店門口消防栓上的一隻大肥狸貓，也曉得哪一條小弄堂彎進去就可以直接通到大馬路上的……是自己再熟悉不過的馬路。

奇怪自己記路原來是這樣的一種方式。

從出生在華東醫院的那一刻，一直到讀完七年的大學，上海的馬路和上海的所有一切，都是這樣活生生紮根在我心裡的。從來不去記它們的名字，卻能夠知道自己眼下走的是這一條道而不是那條道。上海這座城市和上海城市裡這麼多的人，也這麼樣一步步「識」來。難道是一種「戀愛著」的方式嗎？

可能，我這樣看起來，更像是一隻狗。

我憑「嗅覺」來尋路，發現它要的目標。或許這樣的方式，不能叫做「記」，而應叫做「識」的。以親身體驗的、看的、思考的方式，投入地「識」。而不只是研究一張上海測繪院出版的地圖，去體驗正活生生的一座城。

記起小時候一件事，每次我和父親去老師家學習彈鋼琴，那時大概六歲，從愚園路步行過去，都會經過一幢小房子，也許在長寧路上。對六歲的我，那房子像一個童話小屋。我吵著要父親在這個房子前面拍照。父親說，不用拍照，你就把它畫下來，憑你自己的記憶和感覺，那樣會永遠擁有。

於是現在我拿起我的「畫」筆，「畫」出了我記憶與現時印象的「上海」。

她的名字，叫做：千萬別來上海。

此刻，您所看到的這本《千萬別來上海》，不但有我的文字，攝影師胡曉海先生許多未發表過的照片也是不可或缺的部分，從中你可以從另一個角度觀察上海。

父親對我說，眞正高貴的東西往往是樸實無華的，沒有花裡胡哨、浮豔瘋狂的表像。

睜開眼睛，看自己出生、長大，並且與自己一樣尚在年輕著的上海。
也不知道我們明天又會去向何方。
上海，與非上海。它們所有的，値得紀念。
一切爲了——撫摩性靈，溫暖生存。

張路亞
二〇〇三年二月
寫於上海西區淮海中路